오후에는 출근합니다

느슨해진 알바계여, 긴장하라!
위풍당당 알바생들이 몰려온다!

처음으로 갖고 싶은 게 생겼을 때, 치열했던 수능 시험이 끝났을 때, 용돈만으론 나만의 라이프를 충분히 누리기 어려울 때 가장 먼저 하고 싶은 일이 바로 아르바이트가 아닐까요?

어른들은 한창 공부에 매진해야 할 시기에 무슨 아르바이트를 하냐며 의아한 눈초리를 보낼지도 모르겠습니다. 하지만 아르바이트를 한다는 건 책상 앞에 앉아 열심히 수업을 듣는 일만큼이나 의미가 있습니다. 고동치는 현장을 몸소 체험하는 기회이기 때문입니다. 우리는 현장에서 배운 것을 쉽게 잊지 않습니다. 현장이 주는 생동감은 감각 곳곳에 박혀 우리를 살아 움직이게 합니다.

아르바이트를 통해 얻는 건 단순히 돈뿐만이 아닙니다. 다양한 일을 경험하는 건 내가 가장 빛날 수 있는 자리를 가늠하는 안목을 길러 줍니다. 그동안 내 안에 있었지만, 미처 알아차리지 못했던 싱싱한 나를 꺼내 보는 절호의 기회입니다.

여기, 느슨해진 알바계에 긴장감을 불어넣을 알바생들이 있습니다. 톡톡 튀는 캐릭터와 다채로운 사건을 버무린 다섯 편의 이야기를 준비했습니다. 과연 우리는 무엇을 목격하게 될까요? 또 누구를 만나게 될까요? 일 맛 나는 세상으로 여러분을 초대합니다. 한껏 즐기시기 바랍니다. 그리고 여러분도 각자의 현장으로 위풍당당하게 '출근' 하시길 바랍니다.

소원라이트나우 07 _____light now

바로 지금, 용기 내어 이야기하는 청소년들의 가려진 문제를 양지로 이끌어 냅니다.

소원라이트나우 07

오후에는 출근합니다

초판 1쇄 발행 | 2024년 03월 20일

글 | 김선희 · 범유진 · 정해연 · 박하령 · 허진희 **표지일러스트** | 규하나

책임편집 | 양현석 **책임디자인** | 김보경
편집 | 한은혜 · 양현석 **디자인** | 김보경 · 강연지 **마케팅** | 한소현 **경영지원** | 유재곤
펴낸이 | 이미순 **펴낸곳** | (주)소원나무
주소 | 경기도 고양시 덕양구 으뜸로 110 힐스테이트 에코 덕은 오피스 2동 603호
전화 | 02-2039-0154 **팩스** | 070-7610-2367
홈페이지 | www.sowonnamu.co.kr
등록 | 제2021-000180호(2021.09.30)

ISBN 979-11-93207-37-6 44810
(세트) 979-11-93207-20-8 44810

ⓒ 김선희 · 범유진 · 정해연 · 박하령 · 허진희 2024

독서활동자료

소원나무 SNS

소원나무는 한 권의 책 속에 우리의 꿈과 희망을 소중하게, 정성스럽게, 옹숭깊게 담아냅니다.

오후에는 출근합니다

김선희   범유진   정해연   박하령   허진희

소원나무

인형 탈을 쓰면   김선희   9

마법소녀 계약주의보   범유진   51

그 아이   정해연   107

역방향으로 원 스텝!   박하령   149

호 탐정의 조수가 되고 싶어   허진희   191

김선희

『더 빨강』으로 사계절문학상 대상을, 『열여덟 소울』로 살림YA문학상 대상을, 장편 동화 『흐린 후 차차 갬』으로 황금도깨비상을 받았다. 쓴 책으로는 창작 동화 『여우비』『공자 아저씨네 빵가게』『귓속말 금지 구역』『방과 후 사냥꾼』, 청소년 소설 『검은 하트』『1의 들러리』『춘란의 계절』등 다수가 있다.

인형 탈을 쓰면

내 몸이 두부가 됐다. 한 번도 상상해 본 적 없는데 두부가 되다니. 믿을 수 없는 일이 일어나고 말았다.

오늘 5교시가 끝나고, 이단아가 내 자리로 왔다. 성은 이, 이름은 단아. 합쳐 읽으면 조금은 당황스러운 이름을 가진 이단아는 내 유일한 친구(라고까지는 할 수 없고 그냥 아는 사이라고 할 정도의 미미한 관계)다.

"나 좀 도와줘야겠어."

이단아가 다짜고짜 말했다. 도와 달라고 해도 생각해 볼까 말까 한데 '도와줘야겠어'라니. 돈 맡겨 놓고 찾으러 온 사람 같은 아찔한 당당함에 나도 모르게 그만 덩달아 물었다.

"뭔데?"

"아주아주 간단한 일이야. 그냥 서 있기만 하면 되는."

이단아는 교실에 있을 땐 다른 아이들과 변별점을 찾을 수 없는 대한민국의 평범한 열일곱 살이다. 그런데 교실 밖에만 나가면 얘기가 달라진다.

교문을 나가자마자 이단아는 원더우먼이 된다. 평범한 복장의 회사원이 빙그르르 몇 바퀴 돌면 섹시한 복장의 원더우먼이 되는 것처럼, 이단아는 고등학생 신분에서 아르바이트생 신분으로 변신한다. 학교에서 일곱 시간, 아르바이트로 일곱 시간을 오가며 적당히 균형 잡힌 생활을 하고 있다.

'그냥 서 있기만 하면 되는 아주아주 간단한' 일은 인형 탈 아르바이트였다. 사연은 이랬다. 이단아는 마트 앞에서 인형 탈을 쓰고 두부 판촉 행사에 투입될 예정이었다. 하지만 피치 못할 사정으로 아르바이트를 못 하게 됐다. 피치 못할 사정이라는 건 나중에 말해 준다고 했지만, 내용이 뭐든 별로 궁금하지 않았다.

"싫어. 절대, 네버, 무조건 안 돼."

나는 지구상에 존재하는 모든 거절의 표현을 가져오는 것도 모자라 영혼까지 끌어모아 온몸으로 거절 의사를 밝혔다. 그리고 10초도 지나지 않아 그 저항이라는 게 물질 앞에서 얼마나 무기력하고 허무한지를 깨달았다.

"시간당 이만 원. 네 시간에 팔만 원."

그러니까 딱 네 시간만 버티면 한 달 치에 가까운 용돈을 만질 수 있다는 얘기였다. 잠시 생각하는 척한 건 순전히 자존심 때문이었다.

"뭐, 내가 꼭 돈 때문은 아니지만……. 네가 난처한 상황에 처한 것 같아서 고민이 되긴 하네."

"펑크 내면 나 소개소에서 다신 알바 못 받아. 이 은혜 평생 갚을게. 응? 친구야."

이단아는 내 마음속 바닥까지 꿰뚫어 보는 것 같은 교활한 미소를 지었다. 나는 '친구야'라는 말에 몹시 가책을 느꼈다.

그렇게 해서 나는 모든 수업이 끝난 뒤 이단아가 알려 준 시간에 맞춰 마트로 갔다. 학교에서 15분 정도 버스를 타면 나오는 복합 상가 1층이었다. 마트 앞 테이블에는 '시식'이라는 팻말과 함께 작게 썬 두부와 양념장, 이쑤시개가 먹기 좋게 놓여 있었다. 긴 생머리에 짙은 화장을 한 언니는 나른한 표정으로 앉아 있었고, 단발에 멀대처럼 키가 큰 언니는 옆에서 가느다란 팔다리를 흐느적거리며 성의 없이 춤추고 있었다. 명색이 판촉 행사인데, 오가는 손님들이 없으니 내레이터 모델들도 흥이 안 나는 것 같았다.

내가 마트 입구로 다가가자 생머리 언니가 이쑤시개에 꽂힌 시식용 두부를 소중히 들어 올리며 기계적인 목소리로 감정 없이 말했다.

"콩에 영양가 많은 거 다 아시죠? 순 우리 콩으로 만든 두부입니다. 국내산 콩 중에서도 최상급만 엄선해 천연 간수인 해양 심층수로 만든 두부. 재료 본연의 맛을 살려 고소한 풍미를 두부에 채웠습니다. 거기에 이십오 년 동안 두부만을 만들어 온 추풍령식품의 정성과 믿음까지. 온 가족 안심 먹거리, 우리 콩 두부. 이번에 새로 출시된 프리미엄 두부나라, 맛보고 가세요."

"저기, 물어볼 게 있는데요. 오늘, 알바."

그제야 말할 틈이 났다. 생머리 언니가 시식용 두부를 든 채 나를 빤히 쳐다봤다.

"네? 뭐라고요?"

"인형 탈 알바하러 왔는데…….”

그때 옆에서 춤추던 단발머리 언니가 주차장 쪽을 향해 큰 소리로 말했다.

"실장님! 여기 알바요!"

검은색 밴에서 남색 정장 차림에 머리를 올백으로 넘긴 남자가 내렸다. 실장이라 불린 남자는 굉장히 화난 듯 거칠게 말했다.

"지금이 몇 신데 이제 기어 와? 어서 차에 가서 인형 탈 쓰고 나와."

실장은 방금 자기가 내린 밴을 가리켰다. 뒷좌석에 가 보니 오늘 입을 의상이 놓여 있었다. 두부 모양 인형 탈, 흰색 털로 덮인 상의와 하의, 두툼한 장화와 장갑까지. 두부 인형 탈에는 상냥하게도 눈과 입이 새겨져 있었다. 웃는 두부였다.

먼저 하의를 입고 허리띠를 묶었다. 마치 남자 한복을 입은 것처럼 헐렁했다. 다음으로 상의를 입고 인형 탈까지 쓰니 갑자기 암흑 세상이 됐다. 숨이 턱 막혔다. 정체를 알 수 없는 지독히 찌든 냄새가 스멀스멀 올라왔다. 이러고 앞으로 네 시간을 있어야 하는 건가. 폐쇄 공포증에 걸려서 10분도 못 채우고 죽을 것 같은데.

인형 탈을 벗었다. 숨을 후 몰아쉬었다. 좀 살 것 같았다. 그냥 도망갈까. 여차하면 튀어야겠다 싶었는데 밖에서 목소리가 들려왔다.

"아직도야?"

나는 인형 탈을 들고 나갔다. 실장이 나를 위아래로 한 번 쓱 훑어보더니 인형 탈을 빼앗아 내 머리에 툭 씌웠다. 그러자 신기하게도 아까는 안 보이던 구멍 두 개가 나타났다. 두 개의 작은 구멍에는 모기장 같은 그물이 쳐져 있었다. 두 눈으로 양쪽 구멍을 하나씩 보려니 눈알이 빠질 것처럼 아팠다. 나는 한쪽으로 시선을 모았다.

구멍으로 보는 세상은 뭐랄까. 너무나 경이로워서 아, 하고 탄성을 지르게 했다. 터널 끝 가느다란 빛을 마주하는 것만 같았다. 겉에서 보면 두부 인형의 웃는 눈이지만 안에서는 그저 작은 구멍 두 개일 뿐이었다. 시야가 지나치게 협소하고 한정적이어서 사물의 일부만 강조돼 보였다. 나는 한쪽 구멍으로 열심히 내다봤다. 구멍 안으로 들어왔다 빠르게 사라지는 사람들, 구멍 쪽을 뚫어져라 올려다보는 아이들, 그들 뒤로 실루엣처럼 스치는 풍경들. 신기하고 아름다웠다.

'다른 세상에 온 것 같아.'

툭툭.

그때 다리 쪽에 미세한 진동이 느껴졌다. 내가 아무런 반응을 보이지 않자 이번엔 세차게 걷어찼다. 순간 중심을 잃고 비틀거리다 그만 넘어졌다.

"으하하! 두부 넘어졌다."

"이러다 완전 으깨지는 거 아냐?"

"밟아라, 밟아."

두부 인형 탈은 사정없이 밟혔다. 구멍으로 꼬마들의 운동화가 보였다.

누가 달려왔다. 바지 색깔을 보니 실장이었다. 실장은 아이들을 떼어 내고 나에게 손을 내밀었다. 그 손을 잡고 겨우 일어났다. 무게 중심이 머리 쪽으로 쏠려서 일어나는 것도 힘들었다.

"에이, 참. 그렇게 멀뚱멀뚱 서 있으니까 꼬맹이들한테 당하지. 춤춰. 두부 춤을 춰 보란 말이야."

아주 작게 들렸지만 분명 그렇게 말했다. 잔뜩 화난 목소리였다. 꼬마들한테 이유 없이 발길질을 당한 것도 억울한데 혼나기까지 하니 서러웠다.

어른들은 대체로 화가 나 있다. 엄마도 아빠도 담임도 길에서 마주치는 아저씨나 아줌마도, 툭 건드리기만 하면 잘 익은 열매처럼 화가 톡 터질 것 같은 표정이다.

나는 어렸을 때부터 약하게 아토피가 있었다. 그 아토피라는 게 이상하게 잊을 만하면 한 번씩 발병했다. 평소에 괜찮다가도 가려움증이 시작되면 미친 듯이 긁어야 했다. 그래서 일단 아토피가 올라오면 손톱 밑이 드러날 정도로 짧게 손톱을 깎았다.

언젠가 엄마한테 하소연한 적이 있다. 가려워서 죽을 것 같아. 엄마는 화부터 냈다. 참아. 지금까지 지구상에서 가려워서 죽은 사람은 한 명도 없었어. 맞는 말이지만 죽겠다는 말은 이를테면 과장법인데 엄마는 아무것도 몰랐다. 누가 진짜 죽는대? 말이 그렇다는 거지, 그것도 모르냐고 짜증을 내자 엄마가 말했다. 사람은 누구나 다 조금씩 불편한 데가 있어. 난 사십 년 동안 편두통을 앓았어. 딱따구리가 길고 날카로운 부리로 한쪽 머리를 콕콕 쪼는 기분이야. 그럴 때마다 내 왼쪽 이마에 구멍이 숭숭 뚫리는 것 같아. 너, 이마에 구멍이 숭숭 뚫리는 기분 알아? 난 그래도 참았어. 왜? 참아야 하니까. 아빤 치질 있는 거 너도 알지? 똥을 한번 싸면 치핵이 튀어나와서 그걸 손가락으로 집어넣어야 된대. 생각해 봐. 치핵이 튀어나올까 봐 똥 쌀 때마다 두려움에 떠는 모습을. 배변의 쾌감 대신 끔찍한 공포를 겪어야 하는 거지. 근데 아빤 참았어. 왜? 치질 수술이 더 무서우니까. 네 동생 은우는 또 어떻고? 너도 알다시피 걘 마음이 아프잖아. 그래도 어디 한번 내색이나 하든? 자기 방에서 꼼짝도 안 하잖아. 그렇게 참고 사는 거야. 그러니까 유난 떨지 말고 가려워도 그냥 참아. 아니면 긁든가.

엄마는 내가 모를 줄 안다. 식구들 모두 나름의 방식으로 각자의 불편을 해소하고 있다는 것을. 편두통을 잊기위해 엄마는 매일 아무도 몰래 술을 마시고, 치질을 잊기위해 아빠는 아침마다 조기 축구회에 나가서 치핵이 빠져나오는지도 모르고 뛴다. 마음이 아픈 걸 잊기 위해 은우는 방에 틀어박혀 하루 종일 게임만 한다.

그럼 난?

갓난아기일 때 내가 울었던 건 배고파서가 아니라 가려워서였다. 근데도 엄마는 젖병만 물렸다. 그때부터 엄마와 불통하는 관계가 돼 버렸다. 어차피 기대를 갖고 꺼낸 말은 아니었다. 엄마는 내 보호자니까 적어도 딸이 어디가 불편한지 알아야 할 것 같아서였다. 혹시나 했지만역시나였다. 엄마는 내가 죽을병에 걸려서 곧 죽을지 모른다고 말해도 이렇게 말할 사람이다. 인간은 어차피 다죽어. 엄마도 아빠도 은우도. 그러니까 너만 죽는다고 유난 떨지 말고 그냥 죽어.

그런데 가만, 두부 춤을 추라고 했는데 두부 춤은 어떻게 추는 거지?

나는 두부가 춤을 어떻게 출지 최대한 두부의 입장에서 생각해 봤다. 네모를 표현하기 위해 손으로 사각형을 그리며 네모네모 춤을 추고 물컹물컹한 질감을 표현하기 위해 몸을 흐느적흐느적했다. 민망했지만 인형 탈이 얼굴을 가려 줘서 조금은 뻔뻔해질 수 있었다. 내 몸이 두부가 될 거라고 상상하지 못한 것 만큼이나 내가 거리에서 춤을 추는 것 또한 상상한 적이 없었는데 신기했다.

나를 놀리고 발로 차기까지 하던 꼬마들이 내 두부 춤을 보더니 깔깔 웃으며 박수를 쳤다. 나는 좀 더 용기를 냈다. 내 모든 기운을 엉덩이에 모았다. 뒤뚱거리며 넘어질 듯 말 듯 엉덩이를 힘차게 흔들었다. 사람들이 더 모여들었다. 관객이 늘어나자 더 신났다. 싸이가 「흠뻑쇼」를 할 때 이런 기분일까. 나는 유치원 학예회 때 배운 율동까지 기억해 최선을 다해 춤을 췄다. 성의 없이 팔다리를 흔들던 단발머리 언니가 나를 힐끔 보더니 질세라 격하게 몸을 흔들었다.

판촉 행사는 대성공이었다. 준비한 물량이 다 팔려서 급히 근처 마트에서 공수해 올 정도였다. 인형 탈을 벗자 거짓말처럼 세상은 다시 원래대로 돌아왔다. 정말 이상

하고 강렬한 경험이었다. 마치 다른 세계를 여행하고 온 느낌이랄까.

다음 날 이단아가 아르바이트비를 줬을 땐 기쁘기는커 녕 왠지 서운했다.

"어땠어? 힘들었지?"

"뭐, 별로."

나는 이단아가 큰맘 먹고 한턱 쓴 아이스바를 혀로 핥 으며 심드렁하게 대답했다.

"뭐, 별로?"

이단아가 놀란 눈으로 나를 쳐다봤다. 등나무 꽃향기 가 코를 찔렀다. 점심시간이 끝나 가는 동안 벤치에는 우 리 말고 아무도 없었다.

"할 만하던데?"

이단아는 내 말이 믿기지 않는다는 얼굴이었다.

"설마 지금 내가 잘못 들은 건가? 인형 탈 알바는 지금 까지 최악의 알바 일 위 자리를 한 번도 내준 적이 없다 고. 극한의 알바라고 할 수 있지. 근데 뭐? 할 만했다고?"

솔직히 힘들었다. 덥고 냄새나고 꼬마들이 발로 차면 서 사진 찍어 달라고 따라다닐 땐 짜증도 났다. 그런데 그걸 다 덮고도 남을 매력이 있었다. 이단아는 도무지 이해할 수 없다는 듯 두 눈을 껌뻑거렸다. 아이스바가 녹아 붉은 물이 교복 위로 뚝뚝 떨어지는 것도 모르고.

"인간이 좀 과감해진달까? 세상을 나 혼자 훔쳐보는 느낌? 내가 아닌 나에게 과몰입되는 것도 신선하고. 뭐 그런 게 좋았어."

내 말에 이단아는 알다가도 모르겠다는 표정으로 고개를 갸우뚱거렸다.

이단아가 아르바이트를 하는 이유는 분명했다. 이단아는 언젠가 자기 집을 지을 거라고 했다. 손바닥만 해도 마당이 딸린 자기만의 집. 지금 방 한 칸쯤 만들 돈을 모았다며 벽돌 몇 장, 창문 하나, 마당에 심을 나무 한 그루, 뭐 그런 식으로 매일매일 말해 왔다. 그 고백을 듣고 참 대단히 이상한 아이구나, 하고 생각했다. 보통의 고등학생은 나중에 자기 집을 짓기 위해 아르바이트를 하지 않는다.

"뭐, 그럼 계속할래? 인형 탈 알바?"

이단아는 무심하게 툭 내뱉었다. 생각해 볼 겨를도 없이 나는 덥석 물었다.

"그럴까?"

엄마 아빠에게는 비밀이었다. 편두통과 치질과 하나뿐

인 아들의 우울증에 충분히 신경 쓰고 있으므로, 내 아르바이트까지 신경 쓰이게 하고 싶지 않았다. 신경 쓰지도 않겠지만.

이단아는 자기가 소속돼 있는 소개소에 나를 정식으로 추천해 주었다. 그날 화가 나 있던 남자는 판촉 담당 윤 실장이었다. 윤 실장은 아르바이트생들을 판촉 장소에 배치하거나 행사장으로 데려다주는 일을 했다. 그리고 알고 보니, 화가 나 있는 게 아니라 원래 인상이 그랬다.

두 번째 아르바이트는 토끼 인형 탈이었다. 새로 오픈한 키즈 카페 앞에서 토끼 인형 탈을 쓰고 토끼 춤을 췄다. 더 과감하게 깡충깡충 뛰어다니기도 하고 셔플 댄스를 추기도 했다. 이번 인형 탈도 눈과 눈 사이가 멀어 한쪽 구멍으로 밖을 봤다. 처음 인형 탈을 썼을 때보다는 답답하지 않았다. 역한 냄새도 덜했다.

한쪽 구멍으로 내다보려면 두 눈에 힘을 줘서 몰입해야만 했다. 나는 그 작은 구멍으로 방금 내가 떠나온 세상을 구경했다. 진짜 토끼가 된 기분으로. 토끼의 눈으로 바라본 인간 세상은 한없이 지루하고 한심하고 무의미했다. 오직 토끼만이 이 세상에서 유의미한 존재처럼 느껴졌다. 인형 탈을 쓰면, 내가 살던 세상을 철저히 객관화해 볼 수 있었다. 객관화된 세상은 주관화된 세상보다는 한결 너그러워 보였다. 새로운 세상이 열린 것 같은 놀라운 경험이었다.

그 후로 나는 인형 탈 아르바이트를 할 수 있는 곳이라면 어디든 달려갔다. 내 통장에는 돈이 차곡차곡 쌓였다. 그 돈으로 무엇을 할지 계획은 없었다. 단지 인형 탈을 쓰는 게 좋았을 뿐이다.

5월이 되자 윤 실장은 1년 중 가장 큰 대목이 왔다며 흥분했다. 어린이날과 어버이날이 있는 가정의 달이라 크고 작은 행사가 많이 잡혔다. 작은 키즈 카페 행사장부터 과자 회사 신제품 판촉 행사, 대형 마트 장난감 코너 판촉 행사 등등. 그중에서 가장 큰 행사장은 뭐니 뭐니 해도 놀이공원이었다. 올해는 공휴일 사이에 샌드위치 데이까지 끼어 있어 나흘 내내 연휴였다. 윤 실장은 최대한 많은 아르바이트생을 끌어모았다. 그중 나를 포함해 이단아도 있었다.

"너처럼 인형 탈 알바가 적성에 맞는 애는 처음이다."

윤 실장은 칭찬인지 아부인지 모를 말로 나의 자부심을 자극했다.

어린이날 아침부터 나는 친구와 놀이공원에 간다는 핑

계를 대고 집에서 나왔다. 엄마는 아침부터 술에 취해 있었다. 편두통이 더 심해진 모양이었다. 아빠는 새벽부터 조기 축구회에 나갔고, 은우는 아예 방 밖을 나오지 않았다. 요즘 못 본 지 오래됐다. 나는 엄마한테 거짓말을 한 게 조금 걸렸다.

'놀이공원에 가는 건 맞지, 뭐.'

그렇게 생각하자 마음이 한결 편해졌다.

평소에는 한가하던 소개소가 아침부터 시끌벅적했다. 멀리서 봐도 고등학생인 게 분명한 아이들이 수학여행 가는 날처럼 들뜬 표정으로 모여 있었다. 아무래도 체력이 요구되는 아르바이트라 그런지 남자 비율이 높았다.

무심코 남자애들을 보다가 한 남자애가 눈에 들어왔다. 보통 키, 새하얀 피부에 가느다란 팔, 외모를 포기한 듯 빡빡 깎은 머리. 거기까지는 다른 애들과 조금 다르다고 넘길 정도였다. 교실에 한 명쯤 있을 법한 특이한 남자애를 보는 느낌. 그 애는 신기하다는 표정으로 소개소를 두리번거렸다. 그러다 나와 눈이 딱 마주쳤다. 그 애는 나를 보더니 보일 듯 말 듯 미소를 지었다. 그 애의 눈빛은 깊고 고요했다. 깊고 고요하다는 게 어떤 건지 말로 표현할 수는 없지만 아무튼 그런 눈빛을 가진 남자애는 처음이었다. 보통 남자애들은 육체가 영혼을 지배하는 느낌이라면 그 애는 영혼이 육체를 지배하는 느낌이라고 해야 하나. 뭐라고 표현할 수 없는 묘한 느낌이 들었다. 그 애와 눈이 마주치고 나서부터 나는 그 애한테 강렬하게 빨려 드는 느낌을 받았다.

그 애는 오늘 해야 할 일과 지켜야 할 주의 사항을 설명하고 있는 윤 실장의 얼굴을 뚫어져라 바라봤다. 입을 굳게 다물었지만 눈은 살며시 미소 짓고 있었다. 눈이 어떻게 미소 짓느냐고 묻는다면 할 말이 없지만 적어도 나에게는 그렇게 보였다. 생각이 깊고, 호기심이 강하고, 무엇보다 따뜻한 성격을 갖고 있을 것 같은 인상이었다.

윤 실장이 말하는 동안 나는 자꾸만 그 애를 힐끔거렸다. 그 애의 모든 것이 궁금했다. 이름은 뭘까? 어느 고등학교에 다닐까? 여자 친구는 있을까? 왜 인형 탈 아르바이트를 하러 왔지?

놀이공원은 아직 오픈 전이었다. 매표소 앞에는 줄을 선 사람들로 북적였다. 우리는 직원들이 드나드는 출입문을 통해 대기실 안으로 들어갔다.

다른 소개소에서 온 아르바이트생들로 대기실이 어수선했다. 벽 쪽에는 높은 선반이 죽 늘어서 있었고 선반

위에는 각종 인형 탈과 인형 옷들이 놓여 있었다. 놀이공원 관계자가 핸드 마이크를 들고서 이런저런 설명을 했다. 그 애와 이단아는 내 맞은편에 있었다. 가까이 있으니 얼굴이 더 또렷이 보였다. 나는 남자의 외모를 보는 편은 아니지만, 아니 한 번도 이상형을 생각해 보지는 않았지만, 만약 내가 이상형을 갖는다면 바로 눈앞에 있는 그 애가 될 거라고 확신했다. 내 짝사랑은 이미 그 애를 보는 순간부터 시작됐다.

우리는 A팀과 B팀으로 나뉘었다. 어떤 기준으로 팀이 정해졌는지 모르지만, 나는 A팀이고 짝남과 이단아는 B팀이었다. 이단아가 부럽기는 처음이었다. A팀은 늑대 인형 탈이었고 B팀은 개구리 왕눈이 인형 탈이었다. 두부에서, 토끼에서, 이제는 늑대라니. 이거 탈생이 너무 스펙터클한 거 아냐.

늑대 인형 탈 옷을 입고 있는데, 이단아가 누군가와 얘기하는 소리가 들렸다.

"이런 알바 많이 해 보셨어요?"

"아뇨. 처음인데요?"

"아하, 그렇구나. 이거 하다 보면 과몰입되거든요?"

"과몰입이요?"

"인간이 좀 뻔뻔스러워진다고 해야 하나? 난 세상을 보는데 세상은 날 못 보잖아요. 탈 안에서 별짓을 다 해도 되니까 행동이 과감해지죠. 내가 아닌 나, 그러니까 지금 난 개구리 왕눈이겠구나 생각해요. 그렇게 개구리 왕눈이에게 빙의해서 또 다른 삶을 경험하는 거예요."

"아, 네."

"전 처음엔 내성적인 성격 좀 고쳐 보려고 인형 탈 알바를 시작한 건데 이젠 너무 활달해서 탈이랄까? MBTI 앞자리가 I에서 E로 바뀌었다니까요."

"아, 그러시구나."

가만. 어디서 많이 들어 본 말인데? 맞다. 전부 내가 한 말이잖아. 뭐냐, 이단아?

나는 당장 둘 사이를 갈라놓고 싶었다. 단 한 번도 경험해 보지 못했던 감정이 이글이글 타올랐다. 이것이 바로 남들이 말하는 질투일까. 이단아, 너 그렇게 안 봤는데 순 여우였구나. 내가 아는 넌 초등학교 때부터 쭉 E였거든? 그리고 훔칠 게 없어서 남의 대사를 훔치니?

"자, 지방방송 끄시고. 곧 오픈이니까 빨리빨리 탈 쓰시고."

놀이공원 관계자가 나 대신 두 사람을 떼어 놨다.

나는 늑대 인형 탈을 뒤집어썼다. 갑자기 세상이 암전되었다. 인형 눈 쪽에 뚫린 두 개의 구멍으로 가느다란 빛이 들어왔다. 어둠이 눈에 익을 때쯤 서서히 바깥세상이 보였다. 두 개의 구멍으로 개구리 왕눈이가 한 마리씩 보였다. 오른쪽은 이단아, 왼쪽은 내 짝남. 이단아보다 짝남 키가 한 뼘 정도는 더 컸다. 짝남을 구별할 수 있는 표시가 또 있었다. 짝남이 쓴 왕눈이 인형 탈에는 눈 옆에 점이 있었다.

오픈 시간이 되자 우리는 현장에 투입됐다. 우리가 할 일은 밀려드는 아이들을 상대로 사진을 찍어 주고 퍼레이드 음악이 나오면 춤을 추는 것이다. 다른 때 같으면 아르바이트에 충실했겠지만 오늘은 다르다. 같은 공간에 짝남이 있다. 나는 작은 구멍으로 짝남을 찾았다. 인형 탈의 좋은 점 하나 추가. 누군가를 계속 훔쳐봐도 들키지 않는다는 것. 이건 관음증과는 다르다. 선택적 시야 집중이라고 해야 하나. 아무튼 누구에게나 보고 싶은 것만 볼 권리가 있다는 것이다. 나는 되도록 짝남에게서 멀어지지 않으려고 일정한 간격을 유지하며 붙어 다녔다.

시간이 지나자 애들이 더 많이 몰려왔다. 어린이날을 맞은 아이들은 공포 그 자체였다. 모두 제정신이 아닌 것

같았다. 울고, 뛰고, 소리 지르고. 특히 늑대 인형 탈에게
는 자비가 없었다. 누가 정강이를 계속 차는 느낌이 들길
래 내려다보니 한 꼬마가 로 킥을 날리고 있었다.

"늑대 나빠!"

그러자 다른 아이가 와서 내 다른 쪽 다리를 마구 찼
다. 어떤 아이는 내 팔을 세게 잡아끌고 넘어뜨리려 했
다. 아이들이 이러는 건 분명히 어렸을 때 읽은 동화의
영향이 크다. 동화 속에서 늑대는 무조건 나쁜 놈이다.
선량한 동물들을 마구 괴롭히고 힘을 과시하는 악의 종
족. 이렇게 이유 없이 공격받을 만큼 늑대가 정말 나쁜
동물일까?

짝남은 아이들에게 둘러싸여 사진을 찍고 있었다. 나
는 짝남 옆으로 슬금슬금 다가가 일정한 간격을 유지했
다. 짝남이 시야에서 멀어지면 기어코 앞으로 가서 다시
내 시야 안에 가둬 놓았다.

시간이 지나자 인형 탈 안은 푹푹 쪘다. 얼굴에 땀이
흘러 눈이 제대로 떠지지 않았다. 놀이공원은 용광로 같
았다. 아이들이 내뿜는 열기에 두꺼운 인형 탈까지 쓰고
있으니 죽을 맛이었다. 경험자인 나도 이런데 초보자는
얼마나 힘들까. 짝남은 나보다 더 지쳐 보였다. 인형 탈

얼굴은 웃고 있지만 양쪽 팔이 아래로 축 처져 있었고 아이들이 여기저기서 잡아끌 때마다 다리에 힘이 풀렸는지 비틀거렸다.

어림잡아 열 명은 넘는 아이들이 또 몰려왔다. 엄마들은 아이들 사진을 찍어 주느라 시끌시끌했다.

"다음엔 윤호 네 차례야. 빨리 왕눈이 옆에 서."

스마트폰을 든 아줌마가 자기 아들에게 짝남 옆에 가서 서라고 손짓했다. 윤호라는 아이가 다이빙을 하듯 짝남에게 달려들었다. 짝남이 또 휘청거렸다.

개별 사진을 다 찍고 단체 사진을 찍었다. 이번엔 엄마들과 아이들이 동시에 짝남에게 몰려갔다. 한꺼번에 몰려드는 사람들한테 치여서 짝남이 오뚝이처럼 기우뚱거렸다. 아이들은 그런 짝남이 우스운지 손가락질하며 웃었다. 하지만 그건 웃기려는 동작이 아니라 쓰러지려고 하는 위태로운 신호였다.

나는 순간적으로 내 몸을 개구리 왕눈이 쪽으로 들이밀었다. 개구리 왕눈이를 구하기 위해 몸을 날린 늑대. 아, 상상만 해도 얼마나 멋진 장면인가, 생각하는 순간.

쿵.

갑자기 내 몸이 바닥으로 사정없이 내동댕이쳐졌다.

정신이 아득했다. 망사 구멍으로 하늘이 보였다. 나는 일어나려고 발버둥을 쳤다. 하지만 무거운 늑대 인형 탈 때문에 쉽게 머리를 세울 수 없었다. 누가 내 팔을 잡아끌어 줘서 겨우 일어났다. 망사 구멍으로 주위를 살피는데 짝남이 보이지 않았다. 방금까지 개구리 왕눈이를 구하기 위해 늑대 몸을 날렸는데, 어디로 갔지?

사람들의 시선이 내가 일어난 쪽을 향해 있었다. 바닥을 내려다보니 맙소사! 돌멩이에 맞은 개구리처럼 짝남이 양팔과 양다리를 쫙 뻗은 채 바닥에 누워 버둥대고 있었다.

언제 나타났는지 다른 개구리 왕눈이가 짝남을 일으켜 세웠다. 개구리 왕눈이는 손을 허리에 얹은 채 '네가 우리 왕눈이 넘어뜨렸어?' 하고 항의하듯 나를 노려봤다. 인형 탈은 웃고 있지만 인형 탈 안에 있는 얼굴은 씩씩거리는 게 느껴졌다.

끝나고 집으로 돌아가는 길, 짝남을 일으켜 세워 준 개구리 왕눈이의 정체를 알게 되었다.

"어떤 늑대가 우리 주우를 덮쳐서 하마터면 큰일 날 뻔했지, 뭐니."

지금 이단아가 뭐라고 했지? 우리 주우? 우리 주우?

이단아는 청천벽력 같은 말을 아무렇지 않게 내뱉었다.

"아, 넌 모르지? 나 괜찮은 애 하나 찍었어. 이름이 주우래. 거꾸로 하면 우주. 어쩜 이름도 멋질까?"

이미 절반은 반한 것 같았다. 내 심장이 갈기갈기 찢어지는 것도 모르고. 이단아는 짝남에 관해 주절주절 늘어놓았다. 이름은 최주우. 풍산 고등학교 1학년. 내성적인 성격을 고쳐 보려고 인형 탈 아르바이트를 시작. 거기다 이단아는 최주우의 번호까지 땄다고 했다. 아니, 그 짧은 시간에, 언제?

인형 탈의 저주가 시작됐다. 인형 탈 아르바이트가 싫어졌다. 아르바이트를 하다가 이단아와 최주우가 같이 있는 걸 보면 괴로워서 죽을지도 모른다는 생각이 스멀스멀 들었다. 다행인지 불행인지 다음 날은 학교에 가느라 아르바이트를 쉬었다. 그래도 약속한 기간은 이틀이나 남아 있었다. 계약서를 썼기 때문에 하루만 일하고 그만둘 수는 없었다.

그다음 날, 가기 싫은 마음을 꾹꾹 참으며 아르바이트를 하러 갔다. 이유는 단 하나였다. 아무래도 좋으니 한 번이라도 더 최주우를 보기 위해서. 다시 한번 보면 내 감정을 확실히 알 수 있을 것 같았다. 첫날 느꼈던 감정이 진짜였는지, 호르몬의 이상 분비로 인한 착각이었는지, 그것도 아니면 내 시력에 잠시 이상이 생겨 발생한 착시 현상이었는지.

두 번째 봤을 때 확실히 알았다. 이건 진짜다. 최주우를 보자마자 나는 총 맞은 것처럼 정신이 없었다. 그야말로 심장에 구멍이 난 것 같았다.

최주우는 처음 봤을 때보다 편안해 보였다. 옆에 서 있는 이단아와 무슨 말인가를 주고받으며 가끔 옅은 미소를 짓기도 했다. 입안이 바짝 말라서 침도 넘어가지 않았다. 목구멍으로 끊임없이 모래바람 같은 게 올라오는 기분이었다.

이단아는 남의 속도 모르고 수다를 떨며 까르르 웃기도 하고, 손으로 최주우 어깨를 살짝 치기도 했다. 누가 보면 한 10년은 사귄 사이라고 믿을 정도였다. 질투심과 괴로움과 후회와 상실감과 절망감이 용암처럼 부글부글 끓어올랐다. 누가 툭 치면 어마어마한 화산 폭발을 일으킬 것만 같은 심정이었다. 내가 어쩌자고 아르바이트를 해서 이런 고통을 당하나. 아니, 어쩌자고 태어나서 이런 수모를 당하나. 역시 태어나지 말았어야 했나.

첫날처럼 놀이공원 관계자의 설명을 듣고 각자 인형

탈을 썼다. 오늘 나는 판다 인형 탈을 썼다. 최주우는 뽀로로 인형 탈을 썼다.

오픈 시간이 되자 사람들이 몰려들었다. 오늘도 역시 어린이 부대가 물밀듯이 밀려들었다. 사람들이 떠드는 소리와 아이들의 고함, 시끄러운 음악 소리가 여러 색깔 클레이를 뭉쳐 놓은 것처럼 한 덩어리가 되어 고막을 가득 채웠다.

뽀로로와 되도록 멀리 떨어졌다. 도저히 짝남 옆에 붙어 있을 기분이 아니었다. 다행히 몰려드는 아이들 때문에 괴로워할 틈이 없었다. 아이들과 사진을 찍고 놀아 주고 났더니 기진맥진했다. 아르바이트를 시작한 지 한 시간이 지났다. 쉬는 시간이었다. 계약서에는 원래 30분 일하고 30분 휴식하는 것으로 명시돼 있었다. 그러나 놀이공원 측에서 한 시간 일하고 30분 휴식하는 게 어떠냐고 제안했다. 30분 치 아르바이트비를 더 챙겨 주는 조건으로.

달려드는 아이들을 간신히 뿌리치고 휴게실로 갔다. 휴게실에는 몇몇 아르바이트생들이 바닥에 깔린 매트리스 위에 대자로 뻗어 쉬고 있었다. 인형 탈만 아니라면 피난민 수용소 같은 분위기였다. 나는 바닥에 널브러져 있는 인형 탈들을 피해 구석으로 깊이 들어갔다.

기둥 뒤로 갔더니 놀랍게도 뽀로로가 있었다. 뽀로로는 다리를 쭉 뻗은 채 벽에 등을 기대고 앉아 있었다. 다른 아르바이트생들은 인형 탈을 벗었지만 뽀로로는 인형 탈을 벗을 기운도 없이 그대로 뻗어 버린 것 같았다. 다른 곳으로 갈까, 잠깐 고민하다가 나는 뽀로로 옆에 앉았다. 어차피 뽀로로는 지쳐서 누가 옆에 오는지도 모르는 것 같았다.

나도 벽에 등을 기대고 앉았다. 휴게실 안은 아르바이트생들이 내뿜는 거친 숨소리 외에 아무 소리도 들리지 않았다. 고요한 침묵이 이어졌다. 문득 아무 말이나 하고 싶어졌다.

"인형 탈 알바에서 내가 처음으로 쓴 건 두부 인형 탈이었어. 인형 탈을 쓰니까 왠지 두부의 시선으로 사람들이 보이기 시작하더라. 두부는 말캉말캉하잖아. 작은 압력에도 쉽게 부서지고. 두부처럼 사람들이 위태로워 보이더라고. 늑대가 됐을 땐 음, 편견에 대해 생각했어. 인간들이 가지고 있는 편견들. 그걸 깬다면 지금보다 사회는 훨씬 더 말랑말랑해지겠지. 지금은 판다가 됐는데 판다는 멸종 위기에 놓인 동물이잖아. 그래서 그런지 모든 살아 있는 것들이 다 귀하게 느껴져."

어쩌면 지금 내가 하는 말은 나에게 하고픈 독백 같은 게 아닐까. 나는 더 낮은 목소리로 속삭이듯 말했다.

"내 소원은 지구상에 있는 모든 생명체 중에서 나를 기억하는 생명체가 가족 포함 다섯 명 되는 거. 그렇게 살다 죽는 거였어."

"……."

"어차피 인간은 언젠가 헤어질 텐데 인간관계를 맺으면 뭐 하나, 나중에 헤어질 때 괴로울 뿐이지, 뭐 그런 생각? 근데 인형 탈 알바를 하고 나서부터 생각이 좀 달라졌어. 세상을 보는 시선이 뭐랄까, 더 넓어지고 깊어졌달까. 예전에는 평면으로 보이던 것들이 이제 입체적으로 보이게 됐어. 세상을 더 많이 알고 싶어. 솔직히 너도 더 알고 싶지만, 포기할래. 난 친구의 남친을 뺏는 팜 파탈이 아니거든. 아무튼 탈을 쓰고 있으니까 없던 용기도 막 생기네. 아니지. 없던 용기가 생길 리는 없지. 원래 용기는 있었는데 내가 꺼내지 못했던 거잖아. 용기 말고 또 어떤 것들이 내 안에 숨어 있을까? 앞으로는 꺼내지 못했던 것들을 하나씩 꺼내 보고 싶어."

"……."

한참 털어놓고 나니 기분이 좀 좋아졌다. 지금까지 느꼈던 그 어떤 기분과는 비교할 수 없는 '기분 좋음'이었다. 이런 기분이 얼마 만인지. 나는 왜일까, 생각했다. 생각해 보니 나는 단 한 번도 누군가에게 긴말을 한 적이 없었다. 친구도 거의 없었고 가족과도 친밀하지 않았다. 세상은 열심히 살 가치가 없을 정도로 시시하니까, 어서 이 지구에서 소풍을 끝내고 진짜 가치가 있는 내 별로 돌아가겠다는 유치찬란한 생각으로 그냥 대충 살았을 뿐.

뽀로로가 몸을 일으켰다. 갑자기 현타가 왔다. 내가 방금 무슨 말을 한 거지. 뽀로로, 아니 최주우가 내가 지껄이는 소리를 다 들었다면? 아니, 들었을 리 없어. 인형탈 안에서는 소리를 질러야 겨우 밖에서 들릴 텐데. 분명 밖에서는 아무것도 안 들린다고. 근데 왜 이렇게 불안하지? 왜 쪽팔리지?

자리에서 일어나는데 머리가 띵했다. 뽀로로는 엉덩이를 툭툭 털더니 뒤도 안 돌아보고 휴게실에서 나갔다.

하루가 어떻게 지나갔는지 모르겠다. 고백 아닌 고백을 한 뒤로는 뽀로로가 옆에 오기만 해도 슬슬 피했다. 지울 수만 있다면 오늘을 지우개로 박박 지워 버리고 싶었다. 기분이 천국에서 지옥으로 롤러코스터를 타는 하루였다. 아르바이트가 끝나고, 나는 급한 약속이라도 있는 사람처럼 놀이공원을 황급히 빠져나왔다. 지하철역에 도착했을 때 이단아한테 톡이 왔다.

> 어디야?

집 가는 중.

> 엥? 왜?

급한 일.

> 아쉽다. 오늘 누구 소개해 주려고 했는데.

헐. 그렇다면 빨리 나오길 잘했지. 나는 배터리가 없다는 핑계를 대고 스마트폰을 꺼 버렸다.

마지막 날은 어버이날 스페셜 데이였다. 오늘은 우리 인형들이 사람들과 함께 어울려 포크 댄스를 추는 순서가 있었다. 놀이공원 관계자가 간단한 몸동작을 가르쳐 주었다. 다 같이 커다란 원을 만들고 그 안에 또 하나의 원을 만든다. 큰 원과 작은 원은 서로 마주 보며 각기 다른 방향으로 도는데, 맞은편에 만나는 사람이나 인형과 파트너가 되어 함께 춤을 추다가 옆으로 옮기면 된다. 그러니까 큰 원은 시계 방향으로 돌고 작은 원은 시계 반대 방향으로 돌면 앞에 있는 파트너가 계속 바뀌는 것이다.

여자 아르바이트생들은 예쁘고 귀여운 인형 탈을 쓰려고 했다. 나는 여자 아르바이트생들이 기피하는 슈렉 인형 탈을 썼다. 최주우는 곰돌이 푸 인형 탈을 썼다. 오늘도 역시 최주우 옆에는 이단아가 딱 붙어 있었다. 이단아는 꿀벌 인형 탈을 썼다. 곰돌이 푸와 꿀벌은 잘 어울리는 한 쌍이었다.

전날의 부끄러움은 많이 사라졌지만 최주우를 바로 볼 용기가 없었다. 그래서 되도록 이단아와 최주우 커플을 피했다. 인간이 참 간사하다. 아니, 간사한 게 아니라 자포자기다. 아니, 자포자기가 아니라 둘을 위한 배려다. 아니, 사실은 배려가 아니라 아직도 미련이 남았기 때문이다. 그래서 더더욱 최주우 가까이에 갈 수 없었다.

어버이날이라지만 놀이공원 분위기는 어린이날과 비슷했다. 여전히 아이들이 많았다. 슈렉 인형 탈을 쓰니 내가 꼭 무서운 저주에 걸린 것처럼 느껴졌다. 저주에 걸린 건 피오나 공주인데.

슈렉은 아이들에게 인기가 많았다. "앗, 초록 괴물이다!" 소리치며 도망가면서도 아이들은 좋아했다. 사진을 찍어 주고 재롱을 부리고 춤을 추는 동안 나는 잠시나마 고통을 잊을 수 있었다.

드디어 포크 댄스 시간이 되었다. 경쾌한 음악을 신호로 모든 인형 탈 아르바이트생들이 모여들었다. 인형 탈들은 도중에 사람들을 끌고 들어와 손을 잡았다. 처음에는 영문을 모르고 끌려온 관람객들이 나중에는 자진해서 대열에 합류했다. 인형들과 사람들이 뒤섞인 큰 원과 작은 원이 자연스럽게 만들어졌다. 음악이 흐르자 인형 탈들의 주도로 포크 댄스가 시작됐다.

나는 바깥 원에서 춤을 췄다. 무거운 인형 탈을 쓰고 거기다 더운 옷과 장화까지 신은 채 포크 댄스를 추는 건 보는 것만큼 즐겁지 않았다. 몸놀림이 자유롭지 않았고 시야가 확보되지 않아 넘어질 것 같았다.

큰 원이 시계 방향으로 돌았다. 안쪽 작은 원에 있는 사람들이 차례로 와서 춤을 추고 다시 시계 반대 방향으로 갔다. 사람과 인형이 번갈아 가며 내 파트너가 됐다. 그러다 어느 순간, 내 앞에 곰돌이 푸가 나타났다.

"헉."

짧은 비명이 육성으로 튀어나왔다. 하의 실종에 붉은 색 티셔츠를 입은 배불뚝이 곰돌이 푸가 나에게 두 손을 내밀었다. 뭔가에 이끌리듯 나는 그 손을 잡았다. 부드럽고 커다란 손이었다. 우리는 손을 맞잡고 가볍게 걸음을 옮겼다. 양어깨를 으쓱하기도 하고 손을 동시에 높이 치켜들기도 했다.

무도회장에서 화려한 드레스를 입은 여주인공이 잘생긴 왕자님과 차이콥스키의 음악에 맞춰 우아하게 춤추는 장면이 떠올랐다. 그렇게 저주에 걸린 피오나 공주를 구하고……는 개뿔. 상상은 상상일 뿐, 하의 실종 곰돌이 푸와 초록 괴물 슈렉의 춤이라니. 게다가 나는 방금 누군가의 발에 밟혀 신고 있던 장화 한 짝이 벗겨지고 말았다. 나는 장화가 벗겨진 채 다음 파트너를 향해 뒤뚱뒤뚱 돌았다. 곰돌이 푸와도 사이가 멀어졌다. 머리가 벗겨진 중년 아저씨가 활짝 웃는 얼굴로 두 팔을 내밀었다.

'아, 될 대로 돼라.'

파트너가 계속 바뀌었다. 꼬마가 지나가고 아주머니가 지나가고 유쾌하게 웃는 젊은 남자가 지나갔다. 춤을 추는 사람들은 꼭 오늘만 사는 것처럼 행복해 보였다.

드디어 곰돌이 푸가 다시 한 바퀴 돌아 내 앞으로 왔

다. 심장이 덜컹거렸다. 곰돌이 푸가 장화 한 짝을 내밀었다. 조금 전 잃어버린 장화 한 짝이었다. 곰돌이 푸가 한 손으로 내 왼쪽 발을 가리켰다. 왼쪽 양말은 이미 시커멓게 더러워져 있었다.

나는 춤을 추면서 재빨리 장화를 신었다. 그리고 고개를 들었을 때, 작은 구멍 속으로 보이는 곰돌이 푸, 아니 최주우와 눈이 마주쳤다. 어떻게 그런 일이 일어날 수 있느냐고 묻는다면, 그런 일이 일어날 수 있다고 나는 말할 거다. 작은 구멍으로 보이는 그의 눈은 분명히 씽긋 웃고 있었다.

'나를 보고 웃었어.'

나는 멍하니 서 있었다. 음악은 흘렀고 곰돌이 푸는 춤을 추며 옆으로 갔다. 내 앞에 다른 사람이 와서 섰다. 가슴에 붉은색 카네이션을 단 할머니였다. 머리가 희끗희끗한 할머니는 화사하게 웃으며 말했다.

"차암, 좋다."

사흘간의 아르바이트가 모두 끝났다. 인형 탈에서 해방된 아르바이트생들은 대기실에서 미사일처럼 튀쳐나갔다. 아까부터 최주우를 찾았지만 보이지 않았다. 정신

없이 두리번거리고 있는데, 이단아가 내 팔짱을 꼈다.

"가자."

나는 이단아에게 끌려 밖으로 나왔다. 뭔가 소중한 걸 두고 온 것처럼 마음이 허전했다.

전철역까지 가는 동안 이단아는 쉴 새 없이 수다를 떨었다. 주로 아르바이트를 하면서 봤던 진상 손님에 관한 얘기였다. 그 진상 손님이란 주로 어린아이들이었다.

"걔들은 우리가 인격도 없는 줄 안다니까. 다짜고짜 반말에, 때리고 발 걸어 넘어뜨리고. 뭐 그렇다고 나빴던 것만은 아냐. 세상을 보는 시선이 넓어진 것 같기도 해. 전에는 평면으로 보이던 세상이 입체적으로 보이기 시작했달까?"

나는 놀라서 그 자리에 멈춰 선 채 이단아를 빤히 쳐다봤다. 이단아가 걷다 말고 돌아봤다.

"왜?"

이단아가 어깨를 으쓱해 보였다. 나는 이단아에게 다가갔다.

"너 지금 한 말."

"무슨 말?"

"방금 전 그 말."

"뭐?"

분명히 내가 뽀로로에게 했던 말이다. 토씨 하나 안 틀리고 똑같다. 그렇다면 그때 내 말을 듣고 있던 건 최주우가 아니라 이단아였나.

"세상이 입체적으로 보이기 시작했다는 말."

이단아가 그제야 싱긋 웃었다.

"그 말이 어때서?"

"누가 했는데?"

"누가 하긴. 내가 했잖아. 난 뭐 그런 말도 못 하니?"

이단아가 의미심장한 미소를 지었다. 뭔가 있어. 이단아와 최주우 저 둘 사이에. 기분이 확 나빠졌다. 두 사람에게 농락당한 기분이었다.

가는 내내 나는 한마디도 하지 않았다. 이단아는 이단아대로 스마트폰만 들여다봤다. 전철역에서 각자의 집 방향으로 돌아서는데 이단아가 생각났다는 듯 말했다.

"참, 이거."

이단아는 가방을 뒤적이더니 뭔가를 꺼냈다.

"선물."

분홍색 포장지로 감싼 작은 상자였다. 정성스러운 붉은색 리본까지 달려 있었다.

"선물?"

이단아는 내 물음에는 대답도 하지 않고 피식 웃었다.

"인사가 늦었네. 지난번 대타로 알바 뛰어 준 거 고마워서. 그날 아빠 기일인 거 깜빡했거든. 내가 얘기했던가? 우리 아빠, 내가 다섯 살 때 돌아가셨어. 한 번도 잊은 적 없는데 그날 왜 그랬나 몰라. 암튼 고맙다."

이단아는 선물을 강제로 내 손에 쥐어 주고는 돌아서서 가 버렸다. 상자를 내려다보고 있는데 뒤에서 누군가 말을 걸었다.

"학생! 카네이션 사요. 오늘 어버이날이잖아."

한 할머니가 바구니를 들고 서 있었다. 주름진 얼굴에 애써 지은 가련한 기색이 드러났다. 바구니에는 팔리지 않은 카네이션이 가득했다. 저녁 늦게까지 몇 송이 팔지 못한 것 같았다.

"얼마예요?"

할머니의 얼굴이 밝아졌다.

"원래는 한 송이에 만 원인데 떨이라 두 송이에 만 원."

"아, 현금이 없는데요?"

"이체도 돼."

할머니는 은행 이름과 계좌 번호가 적힌 누런 종이 조

각을 가리켰다.

나는 스마트폰에서 은행 앱을 열었다. 잔고를 확인해 보니 그동안 일했던 아르바이트비가 벌써 입금돼 있었다. 내가 지금껏 가져 보지 못한 큰돈이었다. 하지만 찍혀 있는 숫자를 봐도 별 감흥이 없었다. 할머니 계좌로 만 원을 송금했다. 할머니가 스마트폰을 켜고 입금을 확인했다. 할머니는 다 시들어 빠진 카네이션 두 송이를 내밀었다.

"부모님한테 효도해. 평생 사실 것 같지? 금세 나처럼 늙은이 돼."

할머니의 표정이 확 바뀌었다. 할머니, 훈계는 딱 질색입니다만. 나는 할머니에게서 그만 벗어나고 싶어 급히 발걸음을 옮겼다.

그나저나 이건 뭘까. 나는 포장지에 붙어 있는 리본을 떼어 내고 상자를 열었다. 상자 안에는 붉은색 몰스킨 수첩이 들어 있었다. 갖고 싶다고 이단아한테 입버릇처럼 말한, 바로 그 수첩이었다.

수첩을 펼쳐 보는데 그 안에 분홍색 카드 봉투가 들어 있었다. 봉투를 열자 카드가 아니라 작은 쪽지가 나왔다.

✉ 최주우 010 - 4290 - **** 연락 기다릴게.

이게 뭐지? 설마 최주우 전화번호? 이단아 글씨는 아닌데? 이게 왜 나한테? 그때 톡이 왔다. 이단아였다.

> 선물 풀어 봤어? 안에 쪽지 있지? 그거 최주우가 너한테 전해 주라고 한 거야. ㅋㅋㅋ

> 아까 내가 한 말도 사실은 최주우가 한 말이었어. 너한테 들었대. 그 말 듣고 네가 어떤 사람인지 궁금해졌대. 좀 더 알고 싶다나.

> 내가 몇 번 얘기해 봤는데 걔 꽤 괜찮더라. 둘이 썸 그만 타고 정식으로 진도 나가 봐. 내가 양보할게. ㅋㅋㅋ

> 암튼 남친 생긴 거 축하한다. 내일 학교에서 봐. 빠이~

우리는 정확히 언제 어른이 될까

  연말에 보신각 앞에서 "자, 10초 뒤에 새해입니다." 하고 카운트를 시작하면 딸깍 새해로 넘어가지만 "자, 지금부터 이 선을 넘으면 어른입니다."라고 해서 딸깍 어른으로 넘어가지는 않습니다. 은근슬쩍, 구렁이 담 넘어가듯 어른이 되어 버리고 말죠. 보이지 않고 느껴지지 않지만 스며들 듯 서서히, 그렇게 어른이 됩니다.

  나이만 먹는다고 해서 진정한 어른이 아닙니다. 진정한 어른이 됐다는 증거 중 하나가 바로 내 손으로 돈을 벌었을 때가 아닐까요. 육체의 힘과 노력을 제공한 대가를 손에 쥐었을 때 속에서 서서히, 미묘하고도 복잡한 감정이 차오른다면, 이제 여러분은 홀로서기를 할 준비가 됐다는 뜻입니다.

김선희

마술사의 모자

옮긴이의 말

범유진

「왕따나무」로 창비어린이 신인문학상을 받았다. 쓴 책으로는 『선샤인의 완벽한 죽음』 『우리만의 편의점 레시피』 『아홉수 가위』 『가짜 커플 브이로그』 『카피캣 식당』 『친구가 죽었습니다』 『I필터를 설치하시겠습니까?』 『내일의 소년 어제의 소녀』 『당신이 사랑을 하면 우리는 복수를 하지』 등 다수가 있다.

둥그런 돔 안에서 눈부신 빛이 뿜어져 나왔다. 아르바이트비를 줄 수 없다고 큰소리를 치던 점장이 귀신에 홀린 듯 허공을 바라보며 손을 마구 내저었다.

"혀, 형님? 형님이 어떻게 여기에. 형님은 이미 죽었어. 이런 일이 일어날 수가 없다고! 안 돼. 가까이 오지 마! 내가 귀신 따위에게 당할 것 같아?"

점장은 새하얗게 질린 얼굴을 하고 주먹을 휘둘렀다.

"청소년의 눈물로 배를 채우는 악당! 받아라, 반성의 밧줄! 빠빠르 샤르르 키링키링!"

팔목에 묶인 분홍색 리본이 빙글빙글 나선을 그리며 허공을 날아가 점장의 손목을 낚아채 묶었다. 점장은 털썩, 골목에 주저앉으며 연신 고개를 숙였다.

"잘못했습니다. 잘못했어요. 다시는 그러지 않겠습니다. 알바생들 밀린 월급 다 줄게요. 그러니까 형님, 제발 승천하세요. 제가 일부러 안 준 게 아니라니까요. 실수였다고요."

"이제 와 빌어도 소용없어. 마무리는 틴틴 샷!"

손에 쥔 마법 봉에서 붉은 오로라가 뿜어져 나왔다.

"멈춰! 틴틴!"

검은 쫄쫄이 슈트를 입은 여자가 공중을 날아와 점장 앞을 가로막고 섰다. 여자의 등장과 함께 검은 안개가 골목 전체에 내려앉았다.

"틴틴 샷은 쓰면 안 돼. 너, 그거 이미 스물아홉 번을 썼어. 한 번 남았다고!"

"안틴! 왜 또 방해하는 거야?"

"……를 봐. 보라고!"

검은 안개가 붉은 오로라를 집어삼켰다.

1

누군가 줌으로 당겨 찍은 듯 해상도가 낮은 동영상은 검은 안개로 뒤덮이며 끝이 났다.

"조회 수 봐. 인기 상승 동영상 오 위야, 이게."

"그럴 만도 하지. 이렇게까지 틴틴 전투 장면을 풀로 찍은 건 처음이잖아."

"여기 채널 구독자 수 치솟은 거 봐. 역시 모두 궁금해한다니깐. 틴틴의 정체."

교실 뒤에 모여 앉아 스마트폰을 들여다보던 아이들 사이에 왁자지껄 수다 파티가 열렸다. 요즘 학교에서 최고의 화젯거리는 누가 뭐래도 '틴틴'이다.

틴틴. 3개월 전 홀연히 나타난 마법소녀. 돔 모양의 마법 봉을 휘두르고 틴틴 샷을 날리는 아르바이트생들의 수호자. 틴틴은 악덕 고용주를 찾아내 응징하는 한편, 아르바이트비를 받지 못하거나 괴롭힘에 시달리는 10대를 도왔다. 주 무기는 '환상의 빛'과 '반성의 밧줄', 그리고 '틴틴 샷'. 환상의 빛은 상대가 가장 두려워하는 사람이 나타나는 환상을 보여 준다. 환상의 빛에 걸린 상태에서 반성의 밧줄에 묶이면 자신이 한 일을 실토하게 되고, 마무리로 틴틴 샷을 맞으면 홀린 듯이 바로 잘못을 고치게 된다. 이제껏 아르바이트비를 주지 않은 고용주는 가게의 금전 출납기를 탈탈 털어서라도 돈을 줬고, 성희롱이나 폭력을 휘두른 고용주는 제 발로 터덜터덜 경찰서를 찾아갔다.

틴틴의 존재가 사람들에게 알려진 것도, 청소년을 불법 고용해 단체 스팸 문자를 전송하려 한 고용주가 자수한 이유를 묻는 기자에게 '마법소녀를 만나서요.'라고 대답해서였다. 처음부터 사람들이 그 말을 믿은 건 아니었다. 네티즌 사이에서는 고용주가 마약을 한 게 아니냐는 여론이 형성됐다. 경찰은 거센 여론을 의식한 듯, 고용주에게 마약 검사를 실시하기도 했다.

마법소녀. 평상시에는 평범하지만 위기에 빠지면 마법봉을 든 특별한 존재로 변신해 악과 맞서 싸우는 소녀들. 어릴 적 텔레비전 속 마법소녀를 동경하며 마법 봉 휘두르는 장면을 따라 하던 사람들도, 어른이 되고 나서는 소녀들의 실존을 믿지 않았다. 마법소녀는 응당 애니메이션에서만 날아다니는 존재여야 했다. 그런 마법소녀를 현실에서 만났다고 했으니 의심받을 수밖에. 하지만 고용주의 마약 검사 결과는 음성이었다.

그 후 아르바이트를 하는 아이들 중에도 마법소녀를 만났다는 목격담이 속속 등장했다. "마법소녀가 비밀로 하라고 했지만, 정말 정체를 들키기 싫었으면 마법으로 기억을 지우지 않았을까요?" "진짜라니까. 나 일하는 데도 왔어요. 마법소녀의 생생한 목격담을 계속 듣고 싶으면 좋아요, 꾹 눌러!" 진짜인지 가짜인지 알 수 없는 수많은 목격담이 SNS에 흘러넘쳤다. 마법소녀의 이름이 '틴틴'이라는 것, 분홍색과 흰색이 어우러진 놀이공원 아르바이트생 같은 옷을 입고 방망이 끝에 원형 돔이 달린 마법 봉을 들고 나타난다는 것, 분홍색 생쥐를 마스코트처럼 데리고 다닌다는 것, 그리고 틴틴의 눈부신 필살기까지 모든 정보가 끼워 맞춰졌다. 진짜다, 가짜다, 바이럴 마케팅이다 등등 온갖 소문을 한 방에 정리한 건 짧은 동영상이었다. 틴틴이 마법 봉을 휘두르는 장면이 희미하게 찍힌 동영상이었다. 그 동영상을 시작으로, 곳곳에서 틴틴을 촬영한 동영상이 업로드됐다. 조작이네, 아니네하는 논란은 잠시였다. 유명한 영상 판별 유튜버가 틴틴의 동영상은 모두 진짜라는 판정을 내린 것이다.

마법소녀 틴틴은 진짜다!

그때부터 틴틴 열풍이 시작됐다. 아이들은 쉬는 시간이나 점심시간만 되면 모여 앉아 새로운 틴틴 목격담이나 틴틴이 찍힌 동영상 이야기를 주고받았다. 틴틴을 좋아하든 싫어하든 상관없이 새로운 오락거리를 마다할 아이들은 없었다.

"역시 안틴이 더 멋있어. 그렇지 않아?"

"뭐야. 너 악당 편이야? 안틴이 뭐가 멋있냐?"

그리고 또다시 시작된 붐. 그건 틴틴 대 안틴의 대결 구도였다. 한 달 전 올라온 동영상에 등장한 안틴은 시들 해져 가던 틴틴 붐에 새로운 불씨를 붙였다. 캣우먼을 연 상시키는 검은 쫄쫄이 슈트를 입고 사뿐히 틴틴 앞에 선 안틴은, 틴틴이 틴틴 샷을 쏘려 하자 채찍을 휘둘러 틴틴 의 손에서 마법 봉을 빼앗았다. 당황한 틴틴의 귓가에 얼 굴을 바짝 대고 뭔가를 속삭이며, 빼앗은 마법 봉을 돌려 주는 안틴이 찍힌 동영상은 이제까지 최고 조회 수를 기 록했다.

"솔직히 멋있기야 안틴이 멋있지. 틴틴은 너무 촌스러 워. 분홍색 공주 옷이라니. 일곱 살짜리도 저런 옷은 안 입겠다."

"마법 봉도 촌스럽던데. 웬만한 아이돌 응원 봉이 더 예뻐."

'동감이야.' 스마트폰 속 동영상을 다시 돌려 보던 지 나는 말없이 고개를 끄덕였다. 틴틴의 옷은 정말이지 최 악이다. 치마는 레이스가 너무 많아서 뛰는 데 불편하고, 상의는 퍼프소매가 너무 부풀어 올라 있어서 마법 봉을 휘두를 때마다 걸리적거렸다. 지나는 이 옷을 처음 입었을 때 디자인을 보고 기절할 뻔했다. 이런 옷을 사전 고지 없이 유니폼이라고 제공하면 열심히 일하겠다고 왔던 사람도 도망갈 거라고 생각했다. 마법 봉은 어떻고. 쓸데없이 무거운 데다 대충 휘둘러서는 좀처럼 빛이 나오지 않았다. 핑키 말로는 오래돼서 그렇다나.

"그래도 안틴은 악당이잖아."

"악당인지 아닌지 어떻게 알아? 사실은 틴틴이 고용주와 짜고 연극하는 걸 수도 있잖아."

"야, 아직도 그런 말을 해? 이전에 틴틴이 혼내 준 고용주, 마약 조직하고 연루돼 있던 거 몰라? 십 대 애들 시켜서 마약 팔게 했다잖아."

"경찰이 그건 잘못 퍼진 소문이라고 발표했잖아. 마약 밀수업자와 자수한 고용주랑 둘 다 대머리라 인상착의가 비슷해서 네티즌들이 착각한 거라고."

"그 발표를 믿어? 경찰은 틴틴의 존재를 부정하기 바쁘잖아. 경찰이 잡지 못한 범인을 마법소녀가 잡았으니까 창피할 만도 하지."

"그래도 난 안틴이 좋아."

"난 틴틴 파. 지나, 너는?"

아이들은 그때까지 한마디도 하지 않던 지나를 보며 대답을 기다렸다. 지나는 아이들의 재촉에도 몇 번이고 동영상을 돌려 볼 뿐이었다. 지나가 반응하지 않자 아이들은 자기들끼리 수다에 열중했다.

"계약서를 보래."

"응?"

지나의 중얼거림에 아이들의 시선이 쏠렸다. 지나는 소리를 최대로 키우고 틴틴의 동영상을 다시 재생했다.

"이 부분, 안틴이 계약서를 보라고 하는 거 맞지?"

아이들은 수다를 멈추고 스마트폰에서 흘러나오는 소리에 집중했다. 낮은 해상도만큼이나 틴틴과 안틴의 대화도 정확하게 들리진 않았다. 대신 동영상을 업로드한 유튜버가 자막을 달아 놓아서 그 내용이려니 하고 보는 거였다. 지나가 지적한 부분은 특히나 소리가 제대로 들리지 않아서 자막에도 '……'으로 표시돼 있었다.

"그런가? 그렇게 말하니까 계약서로 들리는 것 같기도 하고."

"개 그림을 봐? 개를 봐? 그렇게도 들리는데."

"아냐. 계약서 맞는 것 같아."

"에이, 안틴이 왜 틴틴한테 계약서를 보라고 해? 그건 틴틴이 애들한테 하는 말이잖아. 아르바이트 계약서를 잘 보라고."

아이들의 의견은 분분했다. 계약서다, 아니다, 다투는 목소리가 점점 커졌다.

"야! 조용히 좀 해. 교실 전세 냈어?"

날카로운 고함 소리가 아이들 사이에 뚫고 들어왔다. 해랑이었다. 그때까지 조용히 있던 해랑이 갑자기 신경질을 내자 아이들은 순간 입을 다물었다. 하지만 침묵도 잠시, 곧 불평 섞인 말들이 교실을 소란스럽게 만들었다.

"뭐야, 사해랑. 갑자기 왜 저래?"

"쟤 요즘 자기 채널 만든다고 난리잖아. 자신만만해하더니 구독자 스무 명도 안 되는 것 같던데? 그것 때문에 괜히 화풀이하는 거 아냐?"

"그러고 보니 지나, 너 요즘 해랑이랑 같이 안 다니더라. 싸웠어? 너네 일 학년 때부터 단짝이었잖아."

"몰라. 그냥 그렇게 됐어."

지나는 해랑의 등을 쏘아보며 퉁명스럽게 답했다.

'싸웠지. 내 잘못이었던 것도 인정해. 하지만 계속 꽁할 필요는 없잖아?'

아이들은 다시 수다를 떨기 시작했다. 지나는 동영상

을 계속 재생했다. 안틴이 틴틴에게 속삭이는 부분만 몇 번이나 보고 또 봤다.

'분명해. 분명 계약서를 보라는 거야.'

잘못 들었나 싶었던 외침을, 이제는 확신할 수 있었다.

'계약서……. 제대로 확인할 걸 그랬어.'

지나는 3개월 전 그날을 떠올렸다.

"알바비를 줄 수 없다니, 왜요?"

지나는 당황했다. 첫 아르바이트였다. 사흘 동안 하루 두 시간씩 전단을 돌리는 일이었다. '시급 1만 원, 연령 제한 없음, 보호자 동의서 필요 없음'이라는 조건이 지나에게 아주 딱 맞았다. 사흘만 일하면, 더 이상 엄마를 조르지 않아도 원하던 무선 이어폰을 손에 넣을 수 있었다.

면접 장소에 갔더니 바로 광고지 한 묶음을 건네받았다. 지나는 엄마 몰래 학원에 가기 한두 시간 전, 길거리에 서서 사람들에게 광고지를 나눠 줬다. 다리와 목은 아파 오는데 산더미 같은 광고지가 좀처럼 줄어들지 않았다. 결국 주말에 지하철역 근처까지 나가서 돌렸다. 정해진 시간보다 훨씬 많이 일한 게 돼 버렸지만, 그래도 맡은 일을 충실히 해낸 게 뿌듯했다. 하지만 그 뿌듯함은 사무실에 아르바이트비를 받으러 간 순간, 산산조각이 났다.

"어디 갖다 버리고 다 돌렸다고 거짓말하는 건지 어떻게 알아?"

"전 그런 짓 안 해요!"

"어쨌든 돈 못 줘. 계약서도 안 썼잖아? 애초에 난 널 채용한 적이 없다, 이거지."

사람들이 키득키득 웃었다. 낡은 건물 안에 자리한 사무실은 어두웠고, 주변에 지나를 도와줄 사람은 보이지 않았다. 지나는 더럭 겁이 났다.

"보호자 동의서가 필요 없다는 말에 낚여서 왔으니 부모님한테 이르지도 못하겠네."

고용주는 빈정거리며 그만 나가라고 손짓했다. 억울하지만 지나는 빈손으로 사무실을 나와야 했다. 눈가에 눈물이 고였다. 코를 훌쩍거리며 어둑한 건물 계단을 내려오는데, 갑자기 허공에 별 가루처럼 밝은 빛무리가 모여들었다. 지나는 둥글게 뭉쳐지는 빛무리에 시선을 빼앗겼다. 빛무리 안에서 불쑥, 분홍색 생쥐가 튀어나왔다. 생쥐는 그림 속에서 튀어나온 듯 작고 귀여웠다.

"안녕! 나는 핑키라고 해. 너, 나랑 마법소녀 계약을 맺지 않을래?"

　말하는 생쥐라니! 지나는 깜짝 놀라 다리에 힘이 풀렸다. 지나가 바닥에 주저앉자 핑키가 어깨에 착 내려앉았다. 핑키는 지나의 귓가에 속삭였다.

　"마법소녀 틴틴이 되면 방금 그 아저씨처럼 나쁜 고용주들, 다 혼내 줄 수 있어."

　"틴틴?"

　"알바하는 십 대들을 도와주는 정의의 편이지! 그들 중 상당수가 부당한 대우를 받고 있어. 너처럼 임금을 받지 못하는 경우도 있고, 업무 외의 일을 떠맡기도 해. 욕설을 듣는 일도 다반사지. 그런 일을 겪었다고 하면 어른들은 고용 노동부에 신고하라고 가볍게 말해. 하지만 그게 어디 쉬운 일이야? 너도 방금 겪어 봐서 알잖아. 게다가 신고한다고 그 나쁜 사람들이 바로 돈을 주겠어? 욕설까지 들었는데 신고한다고 분이 풀리겠냐고?"

　"안 풀리지."

　지나는 핑키의 속삭임에 홀린 듯 끄덕거렸다.

　"틴틴이 되면 너는 그런 애들 모두를 도울 수 있어. 그러니 나랑 계약하자."

　"마법소녀……."

가슴이 두근거렸다. 지나는 어릴 적 마법소녀가 되고 싶었다. 애니메이션 속 마법소녀는 근사했다. 마법소녀가 마법 봉을 휘둘러 악당을 무찌를 때 그 짜릿함이란! 문방구에서 파는 가짜 마법 봉을 휘두르며, 친구들을 괴롭히는 중학생들과 맞서 싸우다가 엄마에게 혼나기도 했다. '어린 게 겁도 없이!'라는 엄마의 호통을 몇 번이나 들은 후 건전지가 닳은 마법 봉은 옷장 구석에 처박혔다. 지나는 초등학교에 입학하고 더 이상 마법소녀를 믿지도, 꿈꾸지도 않게 됐다.

그런데 다시 마법소녀라니. 진짜 마법소녀가 될 수 있다니. 핑키가 기다란 꼬리를 두 바퀴 빙그르르 돌리자 허공에서 계약서와 펜이 나타났다.

"아래에 사인하면 돼."

지나는 계약서를 들여다봤다. 한글도 아니고 영어도 아닌, 처음 보는 글자가 종이에 빼곡하게 적혀 있었다.

"읽을 수가 없어."

"마법 계약서라 그래. 나중에 너희 세계의 언어로 된 것도 보여 줄게. 일단 사인해."

핑키의 재촉에 지나는 펜을 들었다.

'마법소녀는 정의의 편이잖아. 계약서 좀 나중에 읽어

본다고 별문제 있겠어?'

사인을 끝내자 지나의 새끼손가락이 반짝 빛났다. 손톱에 네일 아트라도 한 듯 붉은빛이 감돌았다.

"마법소녀가 필요한 순간이 되면, 손톱이 빛날 거야. 그럼 손톱을 두 번 톡톡 두드려."

핑키는 계약서를 둘둘 말아 과자를 삼키듯 자기 입안에 쏙 밀어 넣었다. 핑키의 몸보다 큰 계약서가 단번에 사라졌다. 핑키는 지나를 향해 작은 손을 내밀었다.

"마법소녀가 된 걸 축하해."

지나는 엄지와 검지로 핑키의 작은 손을 살며시 잡았다. 앞으로 어떤 신나는 날들이 펼쳐질지 가슴이 벅찼다. 마법소녀 탄생의 순간이었다.

'악덕 고용주를 처벌하는 정의로운 마법소녀 틴틴! 마법소녀 정지나! 멋있잖아.'

빛나는 손톱이, 너는 특별한 아이가 됐다고 말하는 것만 같았다.

하지만 그로부터 3개월. 지나는 그 손톱이 더 이상 기쁘지만은 않았다.

2

해랑은 아랫입술을 잘근거리며 새로 고침을 했다. 몇 번이고 다시 해도 '사해 이슈 채널'의 구독자 수는 한 명도 올라가지 않았다.

'어떻게 하면 구독자가 확 늘어날까?'

해랑은 자신이 업로드한 동영상을 살펴봤다. 편집은 완벽했다. 오빠 채널에서 편집한 것보다 더 공들여 만들었다.

해랑이 자신의 채널을 만들기 시작한 건 한 달 전이다. 반년 전, 해랑의 오빠가 인터넷 방송 채널을 만들었다. 연예계 이슈에 대해 떠드는, 이른바 레커 채널이었다. 해랑의 오빠는 구독자를 늘려서 용돈이라도 벌어 보겠다며 들떠 있었다. 하지만 해랑의 오빠가 편집한 영상은 그야말로 형편없었다. 보다 못한 해랑이 한 편을 편집해 줬다. 일찌감치 시사 방송 피디를 장래 희망으로 정한 해랑은 4,5년 전부터 영상 편집을 배웠기에 편집에는 꽤 자신이 있었다. 해랑의 오빠는 해랑이 편집해 준 영상이 마음에 쏙 든다며 편집자를 구할 때까지 한 달 정도만 도와 달라고 했다. 대학에 간 후 자신을 본체만체하던 오빠가 매달리는 것에 우쭐해진 해랑은, 그러겠다고 했다. 하지만 약속했던 한 달이 지나고 두 달, 석 달. 결국 반년이 되도록 해랑의 오빠는 편집자를 구하지 않았다. 그동안 채널 구독자는 점차 늘어서 2만 명이 됐다. 해랑의 오빠는 해랑에게 점점 더 많은 걸 요구했다. 열흘에 한 편 편집하던 게 일주일에 세 편으로 늘어났고, 자막이며 효과음까지 하나하나 관여했다. 결국 참지 못한 해랑은 이제부터는 정당하게 편집비를 받겠다고 선언했다.

"야, 구독자 모인 게 다 내 콘텐츠 덕분이지, 네 편집 덕인지 알아? 공짜니까 맡긴 거지, 너 같은 아마추어를 누가 돈 주고 쓰겠냐?"

해랑의 오빠는 빈정댔다. 해랑은 분했다. 그리고 결심했다. 자신의 콘텐츠로, 오빠의 채널보다 더 많은 구독자를 모아서 본때를 보여 주겠노라! 연예계 이슈 같은 게 아닌, 발로 뛰어서 취재한 성의 있는 기사들로 채널을 채우리라! 해랑은 마음먹었다.

하지만 사람들의 반응은 냉랭했다. 해랑이 올린 동영상 '중학교 학폭 문제 인터뷰'와 '평범한 중학생의 시선'은 조회 수가 통틀어 20회도 되지 않았다. 학교 주변을 직접 돌아다니기도 하고 편집에도 정성을 들였던지라 기운이 쭉 빠졌다.

'사람들이 관심을 많이 가지는 이슈를 다뤄야 해. 일단 구독자를 늘리지 않으면, 내가 아무리 좋은 영상을 만들어도 보는 사람이 없을 거야.'

그렇다고 오빠처럼 연예인 루머 같은 가십거리나 다루고 싶진 않았다. 그건 시사 방송 피디를 꿈꾸는 해랑이 운영하고 싶은 채널이 아니었다. 해랑은 입술을 자근자근 깨물며 인터넷을 뒤졌다. 10대가 주로 모이는 커뮤니티 게시판을 클릭하던 해랑의 손이 멈칫, 멈췄다.

'인터넷 중고 거래 사이트에서 심부름할 사람을 구한다고 해서 나갔다가 이상한 사람한테 걸려 얻어터졌다고? 가만, 사흘 전에도 비슷한 내용이 올라왔었는데?'

수상함을 느낀 건 해랑만이 아니었다. 게시 글 아래에 비슷한 댓글이 줄줄이 달려 있었다.

🔴 ➖ ❌　　🔍

👤 피해자끼리 다 같이 경찰서에 신고해야 하는 거 아님?
　　동일범이면 연쇄잖아.

👤 난 신고했음. 근데 거기 CCTV 없어서 뭐 해 줄 수 있는
　　게 없다던데.

　해랑은 댓글을 유심히 읽고 난 후 지난 게시 글을 뒤졌다. 중고 거래 사이트에서 아르바이트를 구한다기에 나갔다가 폭행을 당했다는 글이 처음 올라온 건 3개월 전이었다. 그 후부터 짧게는 사흘, 길게는 열흘의 기간을 두고 비슷한 사연이 올라왔다. 피해를 당한 아이들의 하소연에는 공통점이 있었다. 일단, 서로 가까운 지역에 산다는 것. 해랑이 다니는 중학교 근처에 사는 아이들이 대부분이었다. 다음으로, 범인의 얼굴을 제대로 보지 못했다는 것. 범인은 선글라스를 끼고 모자까지 푹 눌러썼다고 했다. 마지막 공통점은, 폭행의 정도가 비교적 가볍다는 것. 범인은 아이들의 머리를 두세 대 때리고는 오히려 자기가 화들짝 놀란 듯 도망쳤다고 한다. 해랑은 게시판의 다른 글들은 조회 수가 고만고만한 데 비해, 이 사건에 대한 글은 거의 열 배 가까이 높다는 걸 깨달았다. 경찰은 심각하게 여기지 않지만 적어도 커뮤니티를 이용하는 10대 아이들은 꾸준히 관심을 가지고 지난 글까지 찾아보고 있다는 증거였다.

'심부름 빌런. 이거다!'

중고 거래 사이트에서 아르바이트를 찾는 10대를 유인해 폭행하는 심부름 빌런. 그의 정체를 밝혀내는 영상을 찍어 올린다면, 분명 구독자 수가 증가할 것 같았다.

'하지만 심부름 빌런의 모습을 어떻게 찍지?'

아이들의 증언에 의하면, 심부름 빌런은 덩치가 큰 편이라고 했다. 중고 거래 사이트에 다시 글이 올라오기를 기다려서 진짜로 만난다 해도, 해랑이 심부름 빌런의 선글라스와 모자를 벗길 가능성은 낮았다. 힘에서 밀릴 테니까. 괜히 자극했다가 활동 지역을 다른 곳으로 옮길지도 모를 일이었다. 그러면 심부름 빌런의 정체를 밝히기는 더욱 어려워질 수 있었다.

'내가 맞는 장면을 찍어서 경찰에 제출하면……. 안 돼. 그것만으로는 구독자 수가 오르진 않을 거야. 역시

얼굴을 찍어야 해. 심부름 빌런의 정체, 대공개! 이쯤은
돼야 채널이 유명세를 탈 거야.'

해랑은 고민에 빠졌다. 무슨 수든 생각해 내야 했다.
하지만 아무리 머리를 쥐어짜도 이거다 싶은 방법은 떠
오르지 않았다. 해랑은 의자에서 미끄러지듯 내려와 방
바닥에 드러누웠다.

'지나랑 얘기하다 보면 좋은 방법이 떠오를지도 모르
는데.'

천장에 지나가 어른거렸다. 1학년 때부터 단짝이던 지
나와 한마디도 하지 않은 지 어느새 한 달이다. 싸움의
이유는 지각이었다. 언젠가부터 지나는 해랑과 약속에
자꾸만 늦었다. 영화 보러 가기로 한 날에도 늦었고, 도
서관에 가기로 한 날에도 늦었고, 친구 생일 파티에 함께
가기로 한 날에도 늦었다. 늦을 수도 있다고 이해했던 해
랑도 점점 짜증이 쌓였다.

짜증이 폭발한 건 한 달 전이었다. 그날, 해랑은 채널
에 업로드할 첫 동영상을 찍기 위해 인터뷰에 나섰다. 처
음 해 보는 거라 바짝 긴장됐다. 지나가 함께 있어 준다
고 해서 다행이라 생각하며 어서 오기를 기다렸다. 약속
시간에서 10분, 20분이 흘러 한 시간이 지나도록 지나는

오지 않았다. 또 지각이었다. 한참 후에야 헐레벌떡 뛰어온 지나에게 해랑은 참지 못하고 화를 냈다. 왜 자꾸 늦는 거냐고, 무슨 이유가 있는 거냐고. 지나는 입을 꾹 다물고 이유를 말하지 않았다. 결국 해랑은 이유를 말해 주기 전까지 절교라며 소리를 질러 버렸다.

'내가 너무한 것도 맞아. 하지만 답답했다고. 왜 자꾸 늦는 건데? 무슨 일이 있으면 말이라도 해 주면 좋잖아. 그 뒤로 나한테 사과도 안 하고. 다른 애들하고만 어울리고…….'

날이 갈수록 지나에게 섭섭함이 쌓였다. 교실에서 지나가 다른 애들하고 앉아 있는 것만 봐도 짜증이 났다. 부글부글. 해랑의 몸 안에 작은 화산이 들끓었다. 초조함과 짜증이 뒤섞인 화산.

"정지나, 진짜 싫어. 두고 봐. 절대 내가 먼저……."

화산은 마음에도 없는 말을 입 밖으로 툭 튀어나오게 만들었다. 그때였다. 천장 한가운데에 반짝이는 빛이 소용돌이치며 모여들더니 블랙홀 같은 구멍이 생겼다.

"뭐, 뭐야?"

해랑은 엉거주춤 몸을 일으켰다. 블랙홀 속에서 분홍색 생쥐가 톡 튀어나왔다. 해랑은 허공에 둥둥 떠 있는 생쥐를 뜨악한 표정으로 올려다봤다. 이게 지금 꿈인가 싶었다.

"안녕, 난 핑키야. 마법 생쥐지. 정의로운 너의 마음이 나를 불러냈어. 심부름 빌런을 잡을 수 있는 힘을 너에게 빌려줄게."

"힘을 빌려준다고?"

"그래. 틴틴을 막을 수 있는 건 너뿐이야."

"틴틴을 막다니? 틴틴은 마법소녀잖아. 악덕 고용주를 벌주는 정의의 편."

핑키는 해랑의 무릎에 살포시 내려앉았다.

"아니야. 틴틴은 말이지. 악당 중의 악당이야. 틴틴 샷으로 나쁜 사람들의 힘을 빨아들여서 자신의 힘을 기르는 거야. 그리고 틴틴의 마지막 목표는 바로 심부름 빌런이지. 심부름 빌런의 힘을 빨아들이면 틴틴은 본색을 드러낼 거야. 청소년들의 꿈을 모두 빼앗아 가는 악당이 될 거라고."

"에이, 설마."

"정말이야! 제발 내 말을 믿어 줘."

핑키의 작은 눈썹이 아래로 축 처졌다. 귀엽고도 애처로운 작은 생쥐의 얼굴을 보고 있자니, 믿어 줘야만 할 것 같았다. 해랑은 고개를 끄덕였다.

"알았어. 일단 믿을게. 계속 말해 봐."

"틴틴이 심부름 빌런에게 틴틴 샷을 쏘는 순간을 노려야 해."

핑키의 말인즉슨 이랬다. 틴틴이 심부름 빌런에게 틴틴 샷을 쏘는 순간, 틴틴의 마법이 일시적으로 해제돼서 본색을 드러낼 텐데 그때 해랑이 틴틴의 이름을 불러 줬으면 한다는 거였다.

"동갑인 아이가 틴틴의 본명을 부르면, 틴틴은 악의 힘에서 해방되어 평범한 아이로 돌아오거든."

"틴틴과 내가 동갑이구나. 잠깐만. 본명? 내가 그걸 어떻게 알고 불러? 난 틴틴이 누군지도 몰라."

"괜찮아. 그때가 되면 저절로 알게 될 거야."

"저절로?"

해랑이 망설이자 핑키가 은근한 목소리로 말했다.

"심부름 빌런이 반성의 밧줄에 묶이면 내가 너 대신 선글라스와 모자를 벗길게. 그럼 넌 심부름 빌런은 물론이고 틴틴의 정체까지 동시에 밝히는 영상을 찍을 수가 있어. 엄청나지 않아?"

해랑은 마른침을 꼴깍 삼켰다. 너무나 달콤한 제안이

었다. 그렇게만 된다면 구독자 수십만 명도 달성할 수 있을 것 같았다.

"좋아. 해 볼게."

해랑이 대답하자마자 기다렸다는 듯 핑키가 긴 꼬리를 한 바퀴 휘둘렀다. 허공에서 계약서와 펜이 나타났다. 핑키는 해랑에게 계약서를 내밀었다.

"자. 사인해."

"좋아. 음. 근데 이거, 읽을 수가 없는데? 처음 보는 글자야."

"마법 글자라 그래. 일단 사인하면 나중에 너희 나라 글자로 된 계약서를 보여 줄게."

해랑은 계약서에서 눈을 떼고 손을 내저었다.

"그래도 그건 아니지. 계약서도 안 보고 어떻게 계약을 막 해?"

그러자 핑키는 당황한 듯 잠시 주춤거리다가 헤실헤실 웃었다.

"맞는 말이야. 역시 해랑이 넌 똑똑하구나. 잠시만 기다려. 마법 글자를 번역하는 데 시간이 필요하거든. 자아, 됐다!"

핑키가 다시 꼬리를 휘두르자 계약서에 쓰여 있던 정

체불명의 글자가 한글로 바뀌었다. 해랑은 계약서를 천천히 읽어 내려갔다.

"이건 뭐야? 약속을 어기면 페널티가 붙는다는 거."

"만에 하나 네가 틴틴의 이름을 부르지 않으면 나는 틴틴을 막을 기회를 놓치게 되잖아. 그럼 네가 미안함의 표시로 나한테 작은 선물 하나 달라는 거지."

해랑은 끄덕이며 계약서에 사인을 했다. 핑키는 사인이 완료된 계약서를 입안으로 쑥 밀어 넣고 만족스럽게 웃었다.

"이제 신호를 기다려. 틴틴이 심부름 빌런을 만나려 하면, 네 새끼손가락 손톱이 빛날 거야. 그때 손을 들어서 빛나는 방향으로 오면 돼. 알았지?"

다시 천장에 빛의 소용돌이가 생겨났다. 그 안으로 빨려 들어가듯 사라지는 핑키를 보며, 해랑은 자신의 뺨을 가볍게 꼬집었다.

"꿈이 아니네."

해랑은 넋이 나간 듯 의자에 주저앉아 한참 동안 눈을 깜빡거렸다. 그러고는 다시 컴퓨터 모니터로 시선을 돌렸다.

'생쥐 녀석만 믿고 기다릴 수는 없지. 심부름 빌런에

대한 정보를 좀 더 찾아봐야겠어.'

해랑은 매서운 눈길로 게시판을 훑었다.

3

어둠이 내려앉은 새벽. 밤하늘에 붉고 검은 섬광이 번쩍이며 부딪혔다.

"받아라, 정의의 밧줄!"

"기다려, 틴틴! 난 너와 싸울 생각은 없어!"

안틴의 다급한 외침에도 아랑곳하지 않고, 지나는 마법 봉을 휘둘렀다. 안틴은 날렵한 몸짓으로 밧줄을 피한 후 뒤돌아서 달아났다. 지나는 핑키가 떠 있는 허공의 위치를 가늠하며 마법 봉을 살짝 뒤로 뻗었다. 두 번째 밧줄은 안틴이 아닌 핑키에게로 날아가 엉겨 붙었다.

"으악, 너 뭘 하는 거야!"

"미안! 조준을 잘못했어. 앗, 기다려. 안틴!"

"안틴을 쫓아갈 필요는 없잖아! 빨리 이거나 풀어!"

지나는 핑키의 외침을 무시하고, 안틴을 뒤쫓았다. 상가 옥상과 옥상 사이를 뛰어넘으며 달아나던 안틴은 핑키와 거리가 멀어지자 우뚝 멈췄다.

"틴틴, 너 일부러 핑키를 묶은 거지?"

"눈치챘어?"

지나와 안틴이 마주 섰다.

"당신에게 꼭 물어보고 싶은 게 있는데, 핑키가 따라오면 방해할 것 같았거든."

"분명 그랬겠지. 아마도 내 정체를 알고 있을 테니까."

"핑키가 네 정체를 안다고?"

"물론이지. 이전에 나랑 마법소녀 계약을 맺은 것도 그 분홍색 생쥐거든."

지나의 눈이 놀라움으로 커졌다. 안틴이 원래는 마법소녀 틴틴이었다니. 안틴이 손을 휘두르자, 허공에 프로젝터를 쏜 듯 장면이 재생됐다. 한 아이가 핑키와 계약을 하고 있었다. 아이가 입은 교복이 눈에 익었다. 근처에 있는 고등학교 교복이었다.

"고 삼 때 계약을 했어. 전학을 온 지 얼마 되지 않아서 적응을 잘 못했어. 반 애들이 따돌렸다거나 그런 건 아니야. 난 애초에 존재감이 희미한 애였거든. 딱히 잘하는 것도 없고, 그렇다고 거슬리는 것도 없는, 뭐 그런 애. 여름 방학이 되도록 친구를 한 명도 못 사귀었어. 괴롭더라. 그러다 핑키가 나타나서 마법소녀 운운하니까 홀딱 넘어간 거지. 계약서도 제대로 안 보고 사인했거든."

안틴의 말에 자조적인 웃음이 섞였다.

"처음에야 정의감에 취해서 열심히 했지. 하지만 점점 마법소녀 활동 때문에 일상생활이 망가지기 시작했어. 출동 시간이 정해져 있지 않으니까 핑키가 호출하면 학교나 학원에서 수업을 듣다가도 무조건 뛰어나가야 했지. 한밤중에도 말이야. 게다가 임무 종료와 동시에 마법 해제! 틴틴일 때는 집에서 한두 시간 떨어진 곳까지도 단숨에 날아갈 수 있지만 돌아갈 때는 마법이 풀려 대중교통을 이용해야 했어. 새벽에 들어가는 날이 많아지니 부모님이 나쁜 친구들하고 어울리는 건 아니냐고 걱정하더라. 결정적으로 성적이 곤두박질쳤지. 고 삼이잖아. 성적 떨어지는 걸 어떻게 참아? 그래서 핑키에게 활동 조건을 조정해 달라고 했지. 출동 시간을 정하고, 집으로 돌아올 때도 마법을 사용할 수 있게."

지나는 안틴의 말 한마디 한마디에 격하게 고개를 끄덕였다. 안틴이 지나의 마음에 들어왔다 나간 건 아닌가 할 정도로 공감이 됐다.

"안 된다고 거절당했어. 계약서에 그렇게 돼 있다고."

빛나는 손톱이 불편해진 이유. 마법소녀로서의 생활이 지나의 일상을 갉아먹고 있었다.

"그놈의 계약서, 보여 달라고 하면 보여 주지도 않지?"

"나 사실은 이상한 일을 겪었어."

지나는 주먹을 꼭 움켜쥐며 그날 일을 털어놓았다.

한 달 전, 해랑의 첫 취재에 함께하기로 약속한 날이었다. 약속 장소로 향하는데 손톱이 빛났다. 마법소녀의 출동을 알리는 핑키의 부름이었다. 하지만 해랑과의 약속에 또 지각을 하고 싶진 않았다. 지나는 손을 슬그머니 주머니 안에 넣고 못 본 척했다. 그리고 다시 발걸음을 옮기는 순간, 아찔한 어지럼증이 몰려왔다. 지나는 자리에 주저앉았다. 머릿속에서 까마귀 100마리가 한꺼번에 우는 듯한 정신없는 소리가 뒤섞였다. "지금 하나 어겼네. 틴틴 샷 횟수도 곧 채워져." "얄미워라. 생쥐 주제에 쉽게 영혼을 빼앗다니." "이름을 부르지 않으면 될 텐데." "반칙이야. 계약서를 제대로 읽어 주지 않았어." "이르자. 고자질하자." "생쥐 따위가 우리를 이기게 둘 순 없지." 머릿속을 어지럽히던 깍깍 소리가 사라진 뒤에도, 지나는 좀처럼 몸을 일으키지 못했다.

"그때부터 핑키를 믿을 수가 없었어."

"핑키한테는 말했니?"

"했어. 핑키 말로는, 안틴 네가 나랑 핑키의 사이를 이

간질하려고 꾸민 일이라고 했어. 근데 네가 나한테 계약서를 보라고 했잖아. 그날 이후로 자꾸 의심이 들어."

안틴의 목소리는 지나가 우산 없이 장대비 속을 뛰고 있을 때, 가게에서 나와 우산을 건네주던 학교 앞 카페 언니의 그것처럼 다정했다. 그 다정함이 거짓이었을까. 혹시 핑키가 거짓말을 했던 건 아닐까. 지나 역시 핑키에게 계약서를 보여 달라고 했지만, 핑키는 이런저런 핑계를 대며 계속 보여 주지 않았다. 그런 핑키의 행동이 지나의 의구심에 더욱 불을 붙였다.

"조심해. 그 계약서는……."

지잉. 갑자기 지나의 귀가 비행기라도 탄 듯 먹먹해졌다. 안틴이 뭐라고 말했지만, 지나에게는 그 목소리가 들리지 않았다. 지나는 당황해서 손바닥으로 귀를 막았다가 떼기를 반복했다.

"왜 안 들리지?"

"역시 안 되는구나."

안틴의 목소리가 다시 들려왔다.

"마법소녀였던 사람이 새로운 마법소녀에게 계약에 관해 말하는 건 금지라더니 진짜네. 설마 들리지 않게 해 버릴 줄이야."

"금지?"

"내가 안틴으로서 네 앞에 나타나는 건 오늘이 마지막이야."

지나의 눈이 휘둥그레 커졌다. 안틴과 겨우 대화를 나눌 수 있게 됐는데 사라진다니! 지나는 안틴에게 물어보고 싶은 것이 많았다. 다급함에 입술이 말랐다. 그러나 지나가 입을 열기도 전에, 안틴의 슈트에서 스파크가 튀었다. 마법이 풀리고 있었다.

"새로운 마법소녀와 접촉하면, 힘은 점점 사라지게 돼 있거든. 그다지 아쉽진 않아. 네가 나타나지 않았으면 다시 마법을 사용하지도 않았을 거야."

"나는……."

"틴틴, 나는 네가 누구인지 알아."

"어떻게? 마법의 힘으로 아무도 내 얼굴을 알아보지 못할 텐데?"

"그 마법, 마법소녀였던 사람에게는 통하지 않아."

지나는 깜짝 놀랐다. 핑키는 틴틴의 정체를 들키면 무시무시한 일이 일어날 거라고 틈만 나면 말하곤 했다. 지나가 엉거주춤 한 발 물러서자, 안틴은 손을 내저었다.

"걱정 마. 이름을 부르진 않을 테니까."

"진짜 나를 안다고? 어떻게?"

"자주 봤거든, 우리. 넌 내가 누구인지 모르겠지만. 그래서 가만있을 수가 없었어."

안틴의 한쪽 팔에서 슈트가 사라지기 시작하자 맨살이 드러났다.

"이젠 가야겠다. 마법이 완전히 사라지기 전에."

안틴은 건물 옥상 난간에 서서, 지나를 뒤돌아봤다.

"잊지 마. 내가 언제 나타났는지를. 그리고 가장 중요한 사실도."

"중요한 사실?"

"행복하지 않은 마법소녀는 누구도 구할 수 없어."

안틴이 건물 아래로 훌쩍 뛰어내려 사라졌다. 지나는 혼자 옥상에 남아 안틴의 말을 곰곰이 곱씹었다.

'행복하지 않은 마법소녀는 누구도 구할 수 없어.'

"어휴. 간신히 풀었네. 안틴은?"

멀리서 핑키가 날아와 지나의 어깨에 내려앉았다. 지나는 주먹을 불끈 쥐었다.

"나 마법소녀 그만둘래."

곱씹던 말에서 용기가 스며 나와 지나의 진심을 끄집어냈다. 안틴의 말대로였다. 지나는 행복하지 않았다. 마법소녀로 활동하느라 학교 수행 평가를 준비할 시간도 없었고, 수업 시간에는 잠이 몰려와 꾸벅꾸벅 졸기 일쑤였다. 그중에서도 단짝이던 해랑과 한마디도 하지 않는 사이가 된 것이 지나를 가장 불행하게 만들었다.

"뭐? 갑자기 무슨 소리야?"

핑키의 조그만 눈이 동그래졌다가 곧 가느다랗게 접혔다. 지나는 어깨에 앉은 핑키를 손가락으로 집어 들었다.

"갑자기가 아냐. 네가 계약서도 제대로 보여 주지 않았잖아."

"계약서는 지금 너희 말로 번역 중이라 그렇대도. 못 믿겠으면 내 꼬리를 당겨 봐."

지나는 의심스러운 표정으로 핑키의 꼬리를 잡아당겼다. 그러자 허공에 계약서가 나타났다. 아무리 보여 달라고 해도 보여 주지 않던 계약서였다. 지나는 덥석 계약서를 잡아챘다.

"뭐야, 이거. 군데군데 조금밖에 못 알아보겠어."

계약서는 몇 군데만 한글로 쓰여 있을 뿐, 여전히 많은 부분이 이상한 글씨 그대로였다.

"말했잖아, 번역 중이라고. 어쨌든 그 번역된 부분, 거기에 분명 쓰여 있지? 마법소녀로 활동하는 기간에 틴틴 샷을 이용해서 잡아야 하는 악당의 수와 채워야 하는 악의 총량이 정해져 있어. 넌 지금까지 자잘한 악당들만 잡아서 총량도 부족해.”

“그럼 어떡해야 하는데?”

핑키는 지나의 주변을 빙글빙글 돌았다.

“마법소녀를 계속하거나 아니면…….”

“아니면?”

“내가 무척 괜찮은 사건을 알아 놨어. 총량을 한 방에 채울 수 있는 사건! 마법소녀 틴틴의 은퇴 무대로 무척 어울리는 사건이지. 요즘 중고 거래 사이트에 심부름해 줄 십 대를 구한다고 한 뒤에, 폭행하는 사건이 일어나고 있어. 그걸 해결하는 게 어때?”

핑키가 히죽 웃었다.

‘잊지 마. 내가 언제 나타났는지를.’

안틴의 목소리가 귓가를 맴돌았다. 안틴은 언제나, 지나가 틴틴 샷을 쏘려 할 때 나타났다. 마치 틴틴 샷을 쏘지 못하게 하려는 듯이. 틴틴 샷을 쏘지 말라고 말하는 듯한 안틴. 틴틴 샷을 써야만 한다고 말하는 핑키. 어느 쪽을 믿어야 하는 걸까.

“생각해 볼게.”

지나는 단번에 핑키의 제안을 수락할 수가 없었다.

학교 앞 단골 카페에는 해랑이 좋아하는 가수의 노래가 흘러나왔다. 그 덕에 조금은 긴장이 풀렸다. 해랑은 음료 두 잔을 탁자에 내려놓았다. 맞은편에 앉은 지원이 한 잔을 가져갔다.

"갑자기 너한테 연락이 와서 놀랐어. 게시판에 글 쓴 게 나인 줄 어떻게 알았어?"

지원은 해랑과 초등학교 5학년 때 같은 반이었다. 그다지 친하진 않아 서로 다른 중학교에 가게 되면서 자연스럽게 연락이 끊겼다. 해랑도 지원에게 연락할 일이 생길 줄은 몰랐다. 그것도 심부름 빌런의 일로 말이다.

"너 글 쓸 때 받침 니은을 이응으로 쓰는 버릇은 여전하더라. 애들이 외계어 쓰냐고 놀렸잖아. 아이디 보니깐 우리 초등학교 이름을 영어로 친 거더라고. 그래서 혹시 너인가 싶었어."

"와. 그걸 기억해? 역시 사해랑. 여전히 머리가 좋구나. 너 예전에 뉴스 같은 거 듣고 와서 애들한테 말해 주곤 했던 거 기억난다."

해랑이 심부름 빌런에 대한 힌트를 찾기 위해 온갖 게

시판을 뒤지다가 찾아낸 글. 그 글은 심부름 빌런에 대한, 그 어떤 글보다 조회 수가 훨씬 높았다. "나 심부름 빌런 만남. 라따뚜이인 줄." 단 한 줄뿐이었다. 대체 그게 무슨 뜻이냐는 댓글이 수십 개 달렸지만, 작성자는 다시 나타나지 않았다. 그 탓에 '라따뚜이'가 무엇인지 댓글 논쟁이 일어나 저절로 조회 수가 높아진 것 같았다.

"메시지로도 이미 물었지만 꼭 알고 싶었어. 라따뚜이가 뭔지."

지원은 자기 앞에 놓인 잔을 만지작거렸다.

"내가 무슨 말을 하든, 믿어 줄래?"

한참 후에야 입을 연 지원을 보며 해랑은 고개를 끄덕거렸다. 지원은 주변을 두리번거리더니, 해랑 쪽으로 의자를 바짝 끌어당기며 소곤거렸다.

"쥐가 남자의 머리에 앉아 있었어."

"쥐?"

"응. 남자가 나를 때리려고 덤비는데, 너무 무서워서 우산을 막 휘둘렀어. 그날 오후에 비가 온다고 해서 들고 나갔거든. 그 참에 남자가 뒤집어쓰고 있던 모자가 우산 끝에 걸려서 벗겨졌는데 글쎄, 그 안에 쥐가 있었어! 생쥐가 남자 머리에 올라타 있었다니깐? 그것도 분홍색 생쥐가! 애니메이션 중에 「라따뚜이」라고 있잖아. 요리사 모자 속에 생쥐가 숨어서 함께 다니는 거. 딱 그 모양새였다고!"

분홍색 생쥐. 지원의 얘기를 듣는 순간, 해랑은 핑키를 떠올렸다.

"모자가 벗겨지니까 남자가 당황해서 도망쳤어. 그래서 난 튀통수를 맞진 않았어. 너무 이상한 일이라 누구에게든 털어놓고 싶었는데 누가 믿어 주겠어. 분홍색 생쥐라니. 그래서 게시판에 썼던 거야. 근데 예상과 다르게 사람들이 댓글로 다투기 시작하니까 좀 무서워지더라. 그냥 잊어버리기로 했는데 너한테라도 말하고 나니 속이 시원하네."

지원은 후련해진 표정으로 재잘재잘 말을 이어갔다. 해랑은 맞장구를 치듯 고개를 끄덕였지만, 지원의 말이 귀에 들어오지 않았다. 지원이 학원에 가야 할 시간이라며 카페에서 나간 후에도, 해랑은 홀로 자리에 앉아 고민에 빠졌다.

'핑키가 그 남자를 조종하고 있는 거라면? 하지만 그럼 왜 나를 찾아온 거지?'

툭. 탁자 위에 뭔가가 놓였다. 해랑은 고개를 들어 올려다봤다. 카페 주인 소정이었다. 해랑은 소정을 언니라고 친근하게 부르곤 했다. 하지만 그 순간 해랑은 소정이 마냥 낯설게 보였다. 결의에 찬 듯 딱딱하게 굳은 표정 때문이었다. 해랑은 소정이 탁자 위에 놓은 걸 봤다.

지우개였다. 문방구에서 흔히 볼 수 있는, 흰색 고무지우개.

"해랑이 너, 분홍색 생쥐와 계약했지?"

소정의 입에서 나온 말에 해랑의 표정도 딱딱하게 굳었다.

4

[특종 예고! 알바생 울리는 심부름 빌런의 정체 대공개!]

"미쳤나 봐, 사해랑. 이런 위험한 일을 벌인다고?"

지나는 자기도 모르게 소리를 지르고는 손바닥으로 입을 다급히 막았다. 해랑의 채널을 구독 중이라는 걸 들키고 싶지 않았다. 지나는 슬며시 고개를 돌려 해랑을 쳐다봤다. 해랑은 손에 든 뭔가를 골똘히 바라보고 있었다.

'어쩌면 이건 기회일지도 몰라. 심부름 빌런을 혼내 주는 날, 해랑을 부르는 거야.'

심부름 빌런을 혼내 주고 나면 마법이 풀려 지나의 본모습으로 돌아올 거다. 그걸 본 해랑은 깜짝 놀랄 거고, 지금껏 지나가 약속에 왜 늦었는지 단박에 이해할 거다.

'해랑은 빌런의 정체를 위험하지 않게 찍을 수 있고, 나는 해랑과 극적으로 화해할 수 있고. 일석이조야.'

마법소녀를 그만두기 위한 마지막 변신을 하리라. 지나는 결심했다.

해랑은 지우개를 뚫어져라 바라봤다.

'진짜 이걸로 계약을 무효로 만들 수 있는 걸까?'

소정은 이 평범한 흰색 고무지우개가 '계약 무효 지우개'라고 했다. 핑키와의 계약을 무효로 만들 수 있는 마법 지우개. 사용법은 간단했다. 핑키가 가진 계약서를 찾아내서 지우개로 사인을 지우면 된다고 했다.

'깜짝 놀랐어. 소정 언니가 안틴이었다니. 원래는 마법소녀 틴틴이었다니!'

해랑은 그날 카페에서의 일을 떠올렸다. 소정의 고백은 고3 때 마법소녀였다는 말로 시작했다.

고 삼 때 마법소녀였어. 전학 간 학교에서 적응도 잘

못하고, 친구도 없고. 뭐 이런저런 이유 없어도 고 삼은 고 삼인 것만으로도 딱 미치기 좋은 때잖아. 그러니까 그런 프릴이 달린 나풀나풀한 옷도 입고 뛰어다녔지. 어쨌든! 중요한 건 그게 아니야. 중요한 건 분홍색 생쥐, 핑키 말이야. 핑키가 악마라는 거야. 놀랐지? 나도 그때 얼마나 놀랐는지 몰라. 하지만 사실이야. 핑키는 정의의 편인 척 아이들을 속여서 계약을 맺어. 그리고 계약서를 제대로 보여 주지 않지.

사실 그 계약서는 일정 조건을 충족할 경우, 핑키가 상대의 영혼을 빼앗을 수 있다는 '영혼 거래서'야. 조건은 보통 이래. 첫째, 틴틴 샷을 서른 번 사용할 것. 틴틴 샷을 모두 사용하면 마법소녀 계약은 자동으로 끝나고 변신이 풀리게 돼 있어. 둘째, 계약이 끝나는 순간 계약에 관여하지 않은 타인이 틴틴의 본명을 부를 것. 셋째, 계약 완료 시까지 계약서의 사인을 유지할 것.

핑키는 교실 한복판에서 나한테 서른 번째 틴틴 샷을 쏘게 만들었어. 내 영혼을 빼앗으려고. 나는 그런 속내도 모르고 핑키가 시키는 대로 했지. 내가 다니는 학교에서, 그것도 같은 반 친구들 앞에서 사건을 처리하는 건 당연히 싫었지. 아무리 반 친구들이 변신 상태의 나를 알아보지 못한다고 해도, 친구들 앞에서 포즈를 잡으면서 빠빠르 샤르르 키링키링, 이런 주문을 외우는 게 기꺼운 일은 아니잖아? 평소였으면 어떻게든 거절했을 거야. 하지만 핑키가 그 사건만 해결하면 마법소녀를 은퇴할 수 있다고 했거든. 그래서 했어. 진짜 그만두고 싶었거든, 마법소녀.

서른 번째 틴틴 샷을 쏘니까 갑자기 마법이 풀렸어. 놀랐지. 길거리 한복판에서 벌거벗은 기분이었어. 근데 핑키가 내 주변을 날아다니면서 "속았지! 이로써 또 한 명의 영혼을 빼앗았다!"라고 외치면서 웃었어. 그제야 나는 함정에 걸렸다는 걸 알았어.

어떻게 영혼을 빼앗기지 않고 여기에 있냐고? 아무도 내 이름을 부르지 않았거든. 반 애들 대부분이 "어, 너!" "어. 쟤가 마법소녀 틴틴이었어?" "쟤 이름이……. 그러니까……." 하면서 어버버하기만 했어. 내 이름을 완벽하게 아는 사람이 한 명도 없었던 거지. 변신이 풀리고 오분 넘게 아무도 내 이름을 부르지 않자 핑키 털이 새까매지더라. 그러더니 주변이 온통 새까만 어둠으로 물들었어. 교실 바닥도, 책상과 의자도 다 사라지고 마치 바닥 없는 구멍 위에 둥둥 떠 있는 느낌이었어.

영혼 회수에 실패했구나. 할당량을 채우지 못한 벌을 받거라.

동굴에 울리는 메아리 같은 목소리가 들리더니, 어둠 속에서 긴 손이 쑥 튀어나와서는 핑키를 붙잡아 갔지. 그리고 그 손은 나에게 흰색 고무지우개를 건넸어.

악마와 계약했다가 해방된 대가다. 원할 때 딱 한 번, 마법소녀가 될 수 있다. 그러나 명심하거라. 또 다른 마법소녀에게 계약에 대해 발설하는 건 금지다. 이 지우개는 계약 무효 지우개다. 이걸로 악마의 계약서에 적힌 사인을 지우면 계약을 무효로 할 수 있다. 딱 한 번 쓸 수 있으니 신중히 써라.

지우개를 받자 구멍 아래로 내 몸이 훅 가라앉는 것 같은 충격이 몰려왔어. 정신을 차렸더니 반 애들이 나를 둘러싸고 있었지. 애들 말이, 내가 자리에 앉아 있다가 쓰러졌다는 거야. 방금 일어난 일을 아무도 기억하지 못했어. 계약이 해제된 마법소녀에 대해서는 모두가 기억하지 못한다는 것, 그런 규칙이 있었던 거지. 다행이었어.

한 명이라도 내가 마법소녀 틴틴의 옷을 입고 설치는 걸 기억했다면, 난 창피해서 여기에 카페를 오픈하지 못했을 거야.

내가 너한테 이걸 주는 이유는 말이지. 너에게 핑키와 계약한 흔적이 보여서야. 핑키를 만났지? 무슨 일이 있었는지 말해 봐. 그래……. 음. 그랬구나. 계약서는 꼼꼼히 살펴봤어? 페널티가 있다고 했다고? 세상에, 그럼 그 페널티가 뭔지 확실히 확인했어야지! 페널티로 네 영혼을 달라고 하면 어떡하려고? 잘 들어. 핑키는 입안에 계약서를 넣고 다녀. 어떻게든 계약서를 꺼내서 지우개로 사인을 지워. 나 땐 핑키의 머리를 누르면 튀어나왔는데, 지금은 어떠려나.

그리고 또 하나, 부탁이 있어. 마법소녀가 틴틴 샷을 쏘고 나서 절대 이름을 부르지 마. 불러선 안 돼. 그랬다가는 틴틴이 영혼을 빼앗길 거야. 내가 이 나이 먹고 다시 마법소녀로 변신해서 안틴이라는 창피한 이름으로 불리면서까지 이러는 건……. 틴틴은……. 안 들려? 세상에. 넌 마법소녀가 아니니까 제약이 없을 줄 알았는데. 다시 들리니? 내 부탁은 들었지? 절대 잊지 마.

'소정 언니의 말을 어디까지 믿어야 할까? 핑키가 진짜 악마라 해도 지우개가 있으니 큰 문제는 없을 거야. 문제는 틴틴이야.'

핑키와의 계약을 지키지 않으면 핑키가 심부름 빌런의 선글라스와 모자를 벗겨 줄 리가 없다. 그럼 '심부름 빌런의 정체 대공개' 촬영 계획은 실패한다. 그뿐인가. 틴틴 샷을 쏠 때 이름을 부르지 않으면, 틴틴은 마법소녀인 채 그 자리를 떠나게 될지도 모른다. 그럼 틴틴의 정체도 찍을 수 없다.

한마디로 해랑이 얻을 수 있는 건 아무것도 없게 된다. 동영상도, 구독자도 몽땅 날아가는 셈이다. 하지만 그렇다고 틴틴의 이름을 부르면, 틴틴은 악마에게 영혼을 빼앗길 거다. 정체도 모르는 누군가의 영혼을 지킬 것인가, 아니면 실질적인 이득을 택할 것인가. 지우개를 받은 날부터 이어진 해랑의 고민이었다.

'만화나 영화에서 이런 걸로 괴로워하는 등장인물이 나오면 정말 지질하다고 생각했는데. 막상 내 일이 되니 쉽지 않네.'

도와야 하는 누군가는 그저 누군가일 뿐이다. 해랑과 아무런 관계도 없다. 반면에 이득은 당장 해랑의 것이다.

해랑은 지우개를 꼭 쥔 채 침대에 드러누웠다. 스마트폰에서 요란한 알람이 울렸다. 메시지를 확인한 해랑은 벌떡 몸을 일으켜 앉았다.

> 다섯 시 반. 이 동 놀이터로 와 줘. 꼭 와야 돼.

지나였다. 싸운 후 한 번도 메시지를 보내지 않은지라 지나의 연락에 해랑은 가슴이 요동쳤다.

"흥, 이제 와서 사과한다고 내가 받아 줄 것 같아?"

해랑은 투덜거리면서 집을 나섰다. 말과는 다르게 약속 장소로 향하는 걸음이 경쾌했다. 지나와 화해할 수 있다는 기대감으로 핑키나 틴틴에 대한 고민이 잠시 사라졌다.

"근데 왜 하필 이 동 놀이터람. 거기 너무 외진 곳에 있어서 해 지면 무서운데."

산기슭 안쪽에 있어서 으슥한 데다가 놀이기구도 오래되고 벤치도 더러워서 아이들은 잘 가지 않는 곳이다. 밤이 되면 근처 고등학교 일진들이 모여서 담배를 피운다는 소문도 있다. 해랑은 놀이터로 이어지는 산길 산책로를 걸어 올라갔다. 새소리 하나 없이 고요한 산책로를 걷

고 있자니 겁이 났다. 해랑은 주먹을 꽉 움켜쥐고, 팔을
앞뒤로 크게 흔들며 걸었다.

"아이들을 속이고 폭행하다니, 마법소녀 틴틴이 용서
하지 않겠다!"

해랑이 놀이터 입구에 도착했을 때, 쩌렁쩌렁한 소리
가 고요함을 갈랐다.

"틴틴? 틴틴이 여기 나타난 거야?"

해랑은 급히 주머니에서 스마트폰을 꺼내다가 그제야
자신의 새끼손톱이 빛나고 있단 걸 알아챘다. 핑키가 말
한 신호였다.

"아니, 작전이 시작됐으면 따로 와서 알려 주든가 해
야 할 거 아냐! 내내 손톱만 들여다보고 있을 수도 없고!"

해랑은 소리가 들려온 쪽을 향해 뛰었다. 놀이터 한가
운데 있는 미끄럼틀 앞에 틴틴이 한 남자와 대치하고 있
었다. 모자를 푹 눌러쓴 남자는 의심할 여지없이 심부름
빌런이었다. 해랑은 재빨리 벤치 뒤로 몸을 쭈그리고 앉
아 스마트폰을 틴틴 쪽으로 향했다. 심부름 빌런은 둔한
몸짓으로 틴틴에게 팔을 휘둘렀다. 누군가 팔과 다리에
실을 매달아 조종하는 듯 어색한 몸놀림이었다. 해랑은
심부름 빌런의 모자를 응시했다.

'저 모자 안에 핑키가 있으면…….'

그렇다면 이 모든 일은 핑키가 꾸민 것이다. 해랑은 주변을 둘러보다가 누가 버리고 간 잠자리채를 발견했다. 손잡이가 더러웠지만 그물주머니는 멀쩡했다. 해랑은 스마트폰을 들지 않은 손으로 잠자리채를 주워 들었다.

"받아라, 반성의 밧줄! 빠빠르 샤르르 키링키링!"

틴틴의 손목에서 뻗어 나간 끈이 심부름 빌런을 휘감았다. 이제 곧이다. 해랑은 스마트폰을 심부름 빌런 쪽으로 향하도록 벤치 위에 살며시 놓고 양손으로 잠자리채를 꽉 움켜쥐었다.

"마무리는 틴틴 샷!"

지금이다. 해랑은 잠자리채를 움켜쥐고 달려 나갔다. 틴틴의 몸에서 강렬한 빛이 뿜어져 나왔다. 해랑은 눈을 가느다랗게 뜨고, 있는 힘을 다해 심부름 빌런의 머리 쪽으로 잠자리채를 휘둘렀다. 잠자리채가 모자를 건드리며 땅에 떨어졌다. 그러자 모자 속에 숨어 있던 핑키가 날카로운 비명을 지르며 뛰어올랐다. 해랑은 뛰어오른 핑키를 잠자리채로 낚아챘다. 틴틴의 몸에서 뿜어져 나오던 빛이 잦아들었다.

"지나야? 왜 네가 여기 있어?"

해랑은 잦아든 빛 속에서 드러난 틴틴의 정체를 확인하고 두 눈이 휘둥그레졌다. 잠자리채 안에서 발버둥 치던 핑키가 외쳤다.

"걸려들었다! 이제 틴틴의 영혼은 내 거야!"

해랑은 자신의 입을 손으로 막았다. 하지만 이미 이름을 불러 버린 후였다. 해랑은 잠자리채 안에 갇힌 핑키가 나오지 못하도록 그물주머니 윗부분을 꽉 여몄다.

"아, 어지러워. 해랑아? 뭐 해? 심부름 빌런의 정체는 찍었어?"

"지금 그게 중요한 게 아니야! 지나야, 계약서! 이 망할 생쥐한테서 계약서 빼내야 해!"

해랑은 미친 듯이 핑키의 머리를 눌렀다. 찍. 찍. 핑키는 연이어 비명을 질렀다.

"왜 이래! 너 지나 싫어하잖아! 진짜 싫다며. 분명 그렇게 말했다고! 심부름 빌런의 얼굴은 안 찍을 거야? 구독자 늘려야지. 쟤 도망간다, 도망가!"

그때까지 심부름 빌런은 자리에 멍하니 서 있었다. 자신이 왜 여기 있는지 영문을 알 수 없다는 듯 두리번거렸다. 핑키가 말하는 걸 보고 놀란 표정을 짓더니 허둥지둥 놀이터 입구로 뛰어갔다.

"그거야 그냥 하는 말이지! 구독자 늘린다고 친구의 영혼을 팔아넘기는 놈이 어딨어?"

해랑은 도망가는 심부름 빌런의 뒷모습을 힐끔 쳐다봤다. 더 이상 심부름 빌런의 정체 따위는 중요하지 않았다. 지금 해랑에게 중요한 건 오직 하나, 지나를 구해야 한다는 것뿐이었다.

"싸웠는데 왜 친구야? 그냥 네 이득이나 챙겨! 틴틴이 모르는 사람인 줄 알았을 땐 너도 그러려고 했잖아!"

"싸웠어도 친구는 친구지! 너 같은 악마는 이해하지 못하겠지만! 내놔, 지나 계약서!"

어지러운 듯 이마에 손을 대고 있던 지나가 정신을 차리며 외쳤다.

"꼬리! 꼬리를 당겨!"

"알았어!"

해랑은 주저 없이 핑키의 꼬리를 잡아당겼다. 드디어 계약서가 허공에 나타났다. 해랑은 계약서를 움켜쥐고, 주머니에서 지우개를 꺼냈다. 지우개를 본 핑키의 눈썹이 꿈틀거렸다.

"그걸 어떻게 네가 가지고 있는 거지? 안 돼! 안 된다고! 지우지 마!"

핑키가 울먹였다. 해랑은 망설이지 않고 사인을 지웠다. 사인이 지워지자마자 주변에 새까만 어둠이 몰려왔다. 천둥 같은 목소리가 울려 퍼졌다.

또 영혼 회수에 실패했구나. 매번 할당량을 채우지 못하다니, 무능한 직원은 필요 없어. 게다가 계약법을 어겼다는 신고도 들어왔다. 늘 말했지? 계약서는 제대로 보여 주고 계약해야 한다고.

어둠 속에서 뻗어 나온 손이 핑키를 덥석 붙잡았다. 털이 새까맣게 변한 핑키는 부들부들 떨며 몸부림쳤다.

"너무합니다! 어떻게 일 년에 영혼을 여섯 개나 회수합니까! 별별 수를 써도 무리라고요. 요즘 인간들이 얼마나 영리한데요. 계약서를 다 보여 주면 아무도 계약하지 않는단 말입니다!"

그건 네가 알아서 해야 할 일이지.

핑키는 어둠 속으로 빨려 들어갔다. 지나를 향해 뻗어 나간 손이 허공에 동그라미를 그리자 흰색 고무지우개

하나가 나타났다.

악마와 계약했다가 해방된 대가로……

"필요 없어요."

지나는 딱 잘라 말했다. 손은 당황한 듯, 지우개를 슬며시 거둬들였다.

뭐? 나 아직 아무 말도 안 했는데.

"뭐든 필요 없어요. 다시는 그 생쥐, 내 앞에 나타나지 않게만 해 주세요."

어둠이 사라졌다. 지나는 긴 한숨을 토해 내며 그대로 주저앉았다. 해랑은 지나 옆에 나란히 앉았다. 한참이나 아무 말도 없던 지나가 불쑥 말을 꺼냈다.

"나, 마법소녀 일 자체는 싫지 않았어. 악덕 고용주 혼내 주고 힘든 아이들 돕는 거, 신났어. 지금도 싫지 않아. 이상하지? 속은 걸 알았는데도."

해랑은 지나의 손을 살며시 잡았다.

"아니, 이상하지 않아. 틴틴은 멋졌어."

"어딘가엔 있겠지? 가짜 계약에 속지 않은 진짜 마법소녀."

지나도 해랑의 손을 마주 잡았다. 하늘 한쪽이 붉은색 노을로 물들어 갔다. 어딘가에서 싸우고 있을 또 다른 마법소녀가 흩뿌린 빛이었다.

마법 주문을 바랍니다

처음으로 일을 해서 돈을 벌었을 때의 기분을 기억합니다. 그건 단순히 노동력의 가치를 확인하는 일이 아니었습니다. 내가 나를 온전하게 책임질 수 있다는 확인증처럼 느껴졌지요. 혼자서 모든 걸 책임질 필요가 없다는 것은 나중에야 알았습니다. 이 책을 읽는 여러분도 혼자가 아니라는 사실을 기억했으면 합니다. 함께해 주신 작가님들, 멋진 책을 만들어 주신 편집부에게 감사합니다. 여러분의 매일이 마법에 걸린 듯 빛나기를 바랍니다.

범유진

믿음

정유정

정해연

『백일청춘』으로 대한민국 스토리 공모대전에서 우수상을, 『봉명아파트 꽃미남 수사일
지』로 예스24 e-연재 공모전에서 대상을, 『내가 죽였다』로 CJ E&M과 카카오페이지
가 공동 주최한 추미스 공모전에서 금상을 받았다. 쓴 책으로는 『지금 죽으러 갑니다』
『홍학의 자리』『더블』『못 먹는 남자』『유괴의 날』등 다수가 있다.

그 아이

1

그 아이에게 신경이 쓰이기 시작한 건 이곳 편의점에서 아르바이트한 지 3일째 되는 날부터다.

홍구는 다른 아이들처럼 밤늦도록 학원에 다니는 삶을 포기했다. 아니, 스스로 접었다고 말하는 편이 맞겠다. 꿈을 이루기 위한 사다리는 학원에 있지 않다고 판단했기 때문이다. 홍구의 꿈은 1인 미디어 방송 기획자가 되는 것. 이를테면 유튜버다. 아직 어떤 콘텐츠를 만들겠다는 구체적인 계획까지는 없지만 사람들을 즐겁고 따뜻하게 만드는 방송을 제작하고 싶다. 물론 방송 피디나 구성 작가를 꿈으로 삼을 수도 있지만 홍구가 꼭 유튜버가 되겠다고 생각한 데는 이유가 있다.

현대인들은 너무 바쁘다. 모두 살기 위해 최선을 다한
다. 그래서 한 시간을 채우는 텔레비전 프로그램보다는
짧은 시간 휴식하면서도 볼 수 있는 영상을 만들고 싶다.
엄마 아빠가 늦게 들어오는 때마다 식사 메이트가 되어
주는 유튜브를 보면서 홍구는 결심했다.

그 꿈을 이루기 위해 홍구는 아르바이트를 떠올렸다.
스무 살이 되면 본격적으로 유튜브 채널을 개설해 활동할
계획인데 어느 정도는 제대로 된 방송 장비를 갖추고 싶
었다. 홍구가 원하는 카메라나 마이크를 사려면 지금 받
는 용돈으론 턱도 없었다.

엄마 아빠를 설득하는 데는 시간이 걸렸다. 미성년자
신분으로 아르바이트를 하려면 보호자 동의서가 필요했
기 때문에 마음대로 일을 저지를 수는 없었다. 다행히 홍
구가 계획과 포부를 구체적으로 말했기에 엄마 아빠는 일
단 한번 믿어 보겠다며 보호자 동의서에 사인해 주었다.
홍구의 평소 성적이 그다지 좋지 못한 것도 설득에 한몫
했다.

미성년자 신분으로 할 수 있는 아르바이트는 그다지
많지 않았다. 그러다 집에서 30분 거리에 편의점 아르바

이트 자리를 찾았다. 하교 후 오후 여섯 시부터 자정까지 일해야 하는 시간대였다. 야간인 데다 최저 시급이라 홍구가 그 자리를 바로 꿰찰 수 있었다.

첫날은 정신없이 일을 배우는 데 시간을 보냈다. 전임자가 이틀 동안 같이 일하며 인수인계해 주기로 해서 안심이었다. 포스기를 다루는 건 생각보다 어려웠고, 상품 재고를 파악해 주문을 넣는 일도 많이 헷갈렸다. 이틀 사이에 모든 걸 알아야 한다는 건 무리 같았는데, 3일째 되는 날 막상 닥치니 어떻게든 처리해 내는 게 홍구 스스로도 대견했다. 한편으로 사장은 고등학생이 혼자 늦은 밤 찾아올지도 모르는 취객에게 잘 대응할 수 있을지 걱정했다. 하지만 걱정 없다. 홍구는 어릴 때부터 태권도를 배웠고, 헬스장에 가면 근력 운동도 트레이너 선생님이 말릴 정도로 오래 한다. 게다가 길 건너 파출소가 있다. 애초에 주취자가 거의 없는 지역이라는 말이다.

그러다 '그 아이'가 신경 쓰였다.

그 아이는 손님들이 간단히 컵라면이나 도시락을 먹고 갈 수 있도록 설치한 바 형태의 테이블에 홀로 앉아 있다. 다 먹은 컵라면 용기가 그 아이 앞에 아직 놓여 있다. 지금은 열 시. 그 아이가 라면을 계산한 건 홍구가 아르바이트를 막 시작한 지 10분 정도 지났을 때다. 아이는 무심한 눈길로 창밖을 하염없이 내다보고 있다.

그 아이를 본 건 오늘 처음이 아니었다. 아르바이트 첫날, 홍구는 인수인계를 받으면서 그 아이를 흘낏 쳐다봤다. 아무리 생각해도 이상했다. 체구가 작아 여덟 살, 많아 봐야 아홉 살쯤으로 보였다. 그런 어린아이가 편의점에서 컵라면을 사 먹고 열 시가 넘는 시간까지 나가지 않는 게 홍구 눈에는 무척 이상했다.

"집에 보내야 하는 거 아닐까요? 제가 말 한번 걸어 볼까요?"

"됐어. 자주 오는 애야. 네 일이나 잘해. 빨리 배워야 할 거 아냐."

전임자는 퉁명스럽게 대답했다. 자주 오는 애라니까, 그 정도로 생각하고 넘겼다. 그 아이는 둘째 날인 어제도 같은 시간에 편의점 문을 열고 들어왔다. 작은 컵라면과 삼각김밥을 들고 와 계산하더니, 저녁을 때우고는 한참 자리에 앉아 있다가 밤 열 시가 되자 일어나 테이블을 정리하고 나갔다. 마치 시계를 보지 않아도 안다는 듯. 인사는 하지 않았다.

아무리 생각해도 저토록 어린아이가 늦은 시간까지 매일 편의점에 있는 게 자연스럽지 않았다. 이제 혼자다. 더 이상 눈치를 보지 않아도 된다. 홍구는 잠시 주저하다가 그 아이에게 다가가 말을 걸어 보기로 했다. 벌써 여덟 시가 다 됐다.

"안녕?"

작은 머리가 천천히 돌아갔다. 자신에게 누군가 말을 걸 거라고는 생각조차 안 한 듯했다.

그 아이가 고개를 돌렸을 때 홍구는 조금 당황했다. 어쩌면 어깨를 흠칫 떨었을지도 모른다. 아이의 얼굴을 자세히 본 건 처음이었다. 생각보다 안색이 좋지 않았고 몸이 너무 말라 볼이 움푹했다. 입은 옷도 단정치 않았다. 흰색 티셔츠의 목둘레는 누렇게 절었고, 군데군데 알 수 없는 얼룩도 가득했다. 바지는 무릎이 튀어나왔는데 여름에 입을 만한 재질도 아니었다. 티셔츠도 여태껏 긴소매였다. 무심결에 쳐다본 손톱은 꽤 길었고 손톱 밑엔 때가 새까맣게 꼈다. 가까이서 보니 얼굴에는 버짐이 허옇게 피어 있었다.

홍구는 자세를 낮추고 그 아이와 눈을 마주쳤다.

"나는 여기서 새로 일하게 된 형이야. 너 매일 오지? 어제도 봤어."

아이는 천천히 고개를 끄덕였다.

"이름이 뭐야?"

"……민준이요. 김민준."

"그렇구나, 민준. 멋진 이름이네?"

"……."

"근데 왜 여기서 컵라면 먹어? 집에서 밥 안 먹고?"

민준은 눈을 느리게 깜박였다. 방금 자기 이름을 말할 때만 해도 작게 열리던 입이 조가비처럼 다물렸다. 어쩌면 대답할 수 있는 선을 넘어 버린 걸지도 모른다고 홍구는 생각했다.

얼른 화제를 돌렸다.

"자주 오는 단골손님인데 우리 인사라도 할까? 형은 열일곱 살이야. 이름은 최홍구."

홍구가 손을 척 내밀었다. 민준은 손을 빤히 바라봤다. 홍구는 웃으면서 민준의 손을 잡고 가볍게 흔들었다.

"넌 몇 살이야? 여덟 살? 아홉 살?"

"……열한 살이요."

"열한 살?"

홍구의 목소리가 커졌다. 순간 홍구는 민수를 떠올렸

다. 친구 민수에게는 나이 차가 많이 나는 여동생이 있는데 역시 초등학교 4학년이었다. 그 아이와 동갑이라니. 작고 말라서 또래처럼 느껴지지 않았다.

민준은 미끄러지듯 의자에서 내려왔다. 그러고는 컵라면 용기에 있던 국물을 편의점에 비치된 음식물 쓰레기통에 조심히 버렸다.

"가게?"

홍구가 말을 걸었지만 민준은 더 이상 대답하지 않았다. 홍구는 매장 벽에 걸린 시계를 올려다봤다. 여덟 시에서 겨우 10분이 지나 있었다. 홍구는 자기 때문에 민준이 일찍 나간 걸까 봐 마음에 걸렸다.

2

"다녀왔습니다!"

홍구는 현관문을 열자마자 동시에 집으로 뛰어 들어갔다. 인사엔 성의가 없었다. 엄마가 뒤늦게 거실로 나왔지만 홍구는 방 안으로 사라진 뒤였다. 밤늦도록 아르바이트하는 아들이 돌아올 때까지 잠자리에 들지 못하는 엄마의 마음을 홍구가 알 리 없었다.

홍구는 가방을 침대에 던지고 바로 컴퓨터를 켰다. 씻

고 잠옷으로 갈아입을 생각은 가방과 함께 저 멀리 내던졌다. 작년에 엄마가 새로 사 준 컴퓨터는 금방 부팅이 됐다. 홍구는 곧장 컴퓨터 앞에 앉아 헤드폰을 썼다.

그리고 「그알저알」에 접속했다. 텔레비전 시사 프로그램 「그것이 알고 싶다」에서 운영하는 유튜브 채널로, 방송에서 전하지 못한 뒷이야기를 풀어낸다. 「그알저알」은 '그것도 알고 싶고 저것도 알고 싶다'의 준말이다. 채널에 올라온 동영상들은 이미 다 본 것들이었다. 그중에서 한 동영상을 찾아 재생했다. 자신이 생각하는 게 맞는지 다시 한번 확인하려는 것이다.

동영상이 시작됐다. 20분 분량을 꼼짝하지 않고 모두 봤다. 그러고는 주먹을 불끈 쥐었다.

다음 날, 홍구는 수업이 끝나자마자 편의점으로 걸음을 급히 옮겼다. 학교에서 내내 아르바이트할 생각만 했다. 수업에 전혀 집중하지 못했다. 마지막 시간에 수학 선생님이 홍구를 불러 문제 풀이를 시키지 않은 건 천만다행이었다.

이제는 전임자가 나오지 않는다. 그건 홍구에게 자유가 생겼다는 말이다. 홍구는 반드시 해야 한다고 다짐한 그 일을 오늘 해내기로 마음먹었다. 방송 피디를 꿈꾸는 사람이라면 당연히 해야 할 일이라고 여겼다. 어쩌면 편의점에 갈 생각만 했다는 말은 맞지 않는다. 정확히는 온종일 '그 아이'에 대한 생각을 했다.

편의점 문을 열고 들어갔다. 제일 먼저 창가 테이블 쪽을 확인했다. 오늘도 역시 그 아이 앞에는 컵라면과 과자가 놓여 있었다. 컵라면은 뚜껑이 열린 채였고 과자는 손대지 않았다.

"왔어?"

반갑게 인사한 건 이전 타임의 아르바이트 형이었다. 이름이 '선혁'이라고 했다. 만난 지 이틀째인데 그나마도 교대 때문에 잠깐씩 본 거라 사이는 데면데면했다.

"안녕하세요."

홍구는 일단 창고로 들어가 편의점 조끼를 입고 나왔다. 선혁이 인수인계를 시작했다. 오전에 들어온 물품과 재고 내용을 전달했고, 판매 금액과 시재를 홍구에게 확인시켰다. 매일 이루어지는 일이었다.

"근데 쟤 또 있네요."

홍구는 민준을 향해 시선을 던졌다. 선혁이 대답했다.

"우리 편의점 단골 아니냐. 오래 있긴 해도 말썽도 안

부리고 조용히 있으니 그냥 둬. 요새 저런 애들 많아."

홍구는 선혁을 바라봤다. '저런 애'는 어떤 아이일까. 그 의문을 알아챈 듯 선혁이 민준에게 들리지 않도록 목소리를 한껏 낮춘 채 말했다.

"집이 가난한 애들. 다른 애들처럼 학원에 못 가니까 엄마 아빠 올 때까지 밖에서 저녁도 먹고 시간도 보내야 하는 애들 말이야."

홍구는 선혁의 말에 굳이 긍정도, 부정도 하지 않았다. 그렇게 단순한 문제라고 생각하지 않았다. 게다가 가난한 집 아이라면 편의점에서 매일같이 쓸 돈도 없을 터였다.

"수고해라."

"네."

창고에서 조끼를 벗고 나온 선혁이 손을 가볍게 흔들며 나갔다. 홍구는 계산대 앞을 지켰다. 선혁이 멀어지자 홍구는 다시 민준 쪽으로 눈길을 옮겼다. 민준은 여전히 창밖만 내다보고 있었다. 어쩐지 텅 빈 눈빛이었다. 홍구가 다가갔다.

"안녕?"

민준이 홍구를 천천히 돌아봤다.

"또 보네?"

민준은 머리를 조심스레 숙였다.

"너 여기 자주 오는구나?"

이번엔 고개를 움직이지도, 대답을 하지도 않았다. 다만 시선을 아래로 둘 뿐이었다. 홍구는 미소 지으며 민준 옆에 의자를 당겨 앉았다.

"그냥. 지금 시간에는 손님도 없고 심심해서. 너 이렇게 매일 오는데 형이랑 인사하면서 다니면 좋잖아."

정작 하고 싶은 얘기는 꺼내지 않았다. 대뜸 신상부터 알려고 하면 또다시 경계할 수 있었다. 민준은 우물쭈물하다가 고개를 끄덕였다. 자세히 보려고 애쓰지 않으면 모를 정도로 미세한 움직임이었다.

"근데 학교는?"

"……안 다녀요."

홍구의 눈썹이 꿈틀거렸다. 다시 민준의 외양을 살폈다. 더운 여름에 맞지 않는 긴소매와 긴바지를 똑같이 입고 있었다. 여전히 손톱 밑은 까맸고, 머리는 언제 감았는지 알 수 없을 정도로 기름져 있었다. 홍구는 「그알저알」 속 멘트를 떠올렸다. '이런 특징을 가진 아이를 보신다면 더 주의를 기울여 주십시오. 학대를 받는 아동일 수 있습니다. 여러분의 관심이 절실히 필요합니다.' 동영상 속에서 설명하는 학대 아동의 특징과 꼭 들어맞았다. 꼬질꼬질한 옷, 청결하지 못한 매무새, 나이보다 몸집이 작고 깡마른 아이. 여기까지 생각하자 가슴속에서 뜨거운 덩어리가 치밀었다.

"그렇구나. 많이 먹어."

홍구는 계산대로 갔다. 그리고는 112버튼을 눌렀다.

3

경찰이 출동한 건 그로부터 10분도 채 지나지 않아서였다. 제복을 입은 경찰관 두 명이 편의점 문을 열었다. 그 아이, 민준은 경찰이 자기 때문에 출동했다는 사실을 전혀 눈치채지 못했다. 민준은 여전히 창밖을 내다보고 있었다. 한 경찰관이 계산대에 있는 홍구를 쳐다보자 홍구는 눈짓으로 민준을 가리켰다. 경찰관은 살짝 고개를 끄덕여 보이고는 민준을 향해 걸음을 뗐다.

"안녕?"

여성 경찰관이 먼저 말을 걸었다. 남성 경찰관은 한 걸음 뒤에 떨어져 있었다. 상황을 보려는 것 같았다.

민준은 낯선 목소리에 고개를 돌렸다가 경찰복을 입은 사람들을 보고 깜짝 놀란 표정을 지었다. 여성 경찰관이 시선을 맞추기 위해 자세를 낮췄다.

"우리는 경찰관 아저씨, 아줌마야. 잠깐 얘기 좀 나눌 수 있을까?"

민준은 당황했다. 그 모습이 멀리 떨어져 있는 홍구에게도 여실히 보였다. 홍구는 숨을 멈추고 뚫어져라 쳐다봤다. 아주 잠깐, 예상이 틀렸으면 어떡하나 하고 생각했다. 오인으로 인한 신고라면 혼날 수도 있었다. 하지만 그런 생각은 금세 날려 버렸다. 학대 아동이 아니라면 오히려 다행이지 않은가. 분명 「그알저알」에서 관심을 기울여 달라고 했다. 전혀 혼날 일이 아니었다.

딱히 대답이 없었지만 경찰관은 미소를 지으며 민준에게 말을 걸었다. 민준을 샅샅이 훑으면서.

"많이 늦었는데 왜 아직 여기에 있어? 엄마 아빠는?"

민준이 홍구를 슬쩍 바라봤다. 홍구는 자신도 모르게 눈길을 피했다. 한참 후 대답하는 소리가 들려왔다.

"늦게 퇴근하세요."

"아, 너!"

그때 남성 경찰관이 목소리를 높였다. 홍구는 무슨 일인가 싶어 시선을 돌렸다. 남성 경찰관이 무척 반기며 민준을 향해 한 걸음 다가섰다.

"너 서안 아파트 살지 않냐?"

민준은 눈치를 보며 고개를 끄덕였다.

"아는 아이예요?"

여성 경찰관이 남성 경찰관에게 물었다. 남성 경찰관은 어깨를 으쓱하며 힘주어 대답했다.

"잘 알죠. 얘네 아빠가 김승구 의원이거든요. 아시죠? 시 의원 김승구. 유명하잖아요."

"아, 네."

여성 경찰관이 민준을 다시 바라봤다. 그사이 남성 경찰관은 신나게 말을 이었다.

"엄마는 영인 대학 병원 교수님이시고! 맞지?"

민준은 천천히 고개를 끄덕였다. 여성 경찰관이 민준의 손을 살짝 잡았다. 손톱에 낀 때를 자세히 좀 봐 줬으면 좋겠다고 홍구는 생각했다.

"그렇구나. 학교는 다녀왔어?"

왠지 죄라도 지은 것처럼 민준은 고개를 숙인 채 기어드는 목소리로 대답했다.

"학교 안 다녀요."

"왜?"

"……집에서 배워요."

"홈스쿨링 하나 보네! 부모가 난다 긴다 하는 분들이니 평범한 학교에서 가르치는 건 성에도 안 차시겠지!"

남성 경찰관이 또 나섰다. 여성 경찰관은 흘깃, 쳐다보고는 다시 민준에게 신경을 기울였다.

"아줌마가 잠깐 확인할 게 있는데 말이야."

민준은 긴장된 얼굴로 여성 경찰관을 쳐다봤다.

"네 몸을 조금 봐도 될까?"

민준은 눈을 휘둥그렇게 떴다. 민준은 대답하지 않았다. 홍구는 계산대에서 빠져나와 민준에게 조심스레 다가갔다. 홍구도 궁금했다. 학대인지, 아닌지. 두 경찰관은 홍구가 가까이 온 걸 눈치채지 못한 것 같았다. 딱히 알아차리려도 신고자에게 저리 가라고 하진 않으리라.

"대단한 건 아냐. 소매를 살짝 걷어 볼 거고, 티셔츠를 잠깐만 들어 올려 볼 거야. 혹시 어디 아픈 데가 있는 건 아닌지 그냥 보려는 거야."

여성 경찰관의 목소리는 따뜻하고 다정했다. 민준은 계속 눈치를 보다가 고개를 조금 끄덕였다.

"에이, 그럴 필요 없어요. 엄마 아빠가 여기 시에서 다 아는 유명인인데 설마 그러겠어요? 학생이 오해했나 봐."

남성 경찰관이 고개를 돌려 홍구를 쓱 쳐다봤다. 홍구

는 자기도 모르게 눈을 피했다. 왠지 경찰관이 '네가 실수한 거야.'라고 말하는 것 같았다.

여성 경찰관은 민준에게 재차 물었다.

"좀 봐도 괜찮겠니?"

민준은 고민하는 듯싶더니 머리를 들었다. 순간 홍구와 눈이 마주쳤다. 아이가 자신에게 묻는 것만 같아 홍구는 작게 고개를 끄덕였다.

"……네."

대답이 떨어지자 여성 경찰관은 민준의 팔을 부드럽게 잡았다. 그러고는 긴소매를 조심히 말아 올렸다. 홍구는 긴장되어 침을 삼켰다.

민준의 팔에는 멍 자국 하나 없었다.

"윗옷 좀 걷을게."

이번엔 티셔츠를 조심스레 걷어 올렸다. 배와 옆구리, 등까지 확인했지만 상처 같은 건 하나도 없었다.

"거봐요. 내가 그랬잖아요, 서 경위님. 그분들이 그럴 사람이 아니라니까 그러네."

남성 경찰관이 목소리를 높였다. 여성 경찰관은 아이의 옷차림새를 훑어봤다.

"덥진 않니? 이 옷은 네가 챙겨 입은 거야?"

민준이 끄덕였다. 남성 경찰관이 다시 끼어들었다.

"애가 잘못 골라 입었구먼. 그만큼 얘네 부모가 바쁜 사람들이거든."

그러고는 홍구를 향해 고개를 돌렸다.

"네가 오해한 거야. 신고 정신이 투철한 건 칭찬할 만하다만."

홍구는 입을 꾹 다물었다.

"어디 다친 데가 없다니 다행이구나. 하지만 이렇게 늦게까지 혼자 밖에 돌아다니면 안 돼. 혹시 부모님 연락처 좀 알려 줄 수 있어?"

여성 경찰관의 말에 민준은 주머니에서 스마트폰을 꺼냈다. 여성 경찰관은 번호를 확인하고는 남성 경찰관에게 눈짓을 하더니 편의점 밖으로 나갔다. 민준의 부모에게 전화하려는 것 같았다.

"자, 너는 내가 데려다줄 테니까 가자."

민준은 우물쭈물하다가 일어났다. 민준이 컵라면 용기와 과자 봉지를 쓰레기통에 버리고 돌아온 사이 편의점 문이 살짝 열렸다. 여성 경찰관이 안쪽을 향해 눈짓했다. 남성 경찰관은 고개를 끄덕이며 홍구를 돌아봤다.

"이 아이는 우리가 집까지 데려다줄 거다. 신고 정신이 투철하구나. 오해이긴 했지만 잘했다."

남성 경찰관은 별로 진심이 느껴지지 않는 말을 남기고는 민준을 데리고 나갔다.

문이 닫히고, 홍구는 깊은 한숨을 내쉬었다. 어쨌든 그동안 걱정했던 일이 아니라서 다행이었다. 홍구는 계산대로 돌아갔다.

그리고 그 아이는, 더 이상 편의점에 오지 않았다.

4

신고 건은 편의점 사장의 귀에도 들어갔다. 그 일로 홍구는 크게 한 소리를 들었다. 경찰이 부모에게 민준을 인계하면서 아동 학대 신고 사실을 전달했고, 신고자가 홍구라는 걸 끝내 알게 된 민준의 부모는 편의점 사장에게 항의한 모양이었다.

민준을 다시 만난 건 그 일이 있은 지 닷새 후였다. 자정이 되어 홍구는 새벽 아르바이트 형과 교대하고 집으로 돌아가던 길이었다. 홍구가 집에 가려면 서안 아파트 앞을 지나야 했는데, 그 앞을 지날 때마다 아파트를 물끄러미 보기도 했다. 그래서였을까. 그날따라 낯선 움직임이 눈에 띄었다. 아파트 앞 놀이터 그네가 조용히 흔들리고 있었다. 민준이었다.

자정이 훨씬 넘었다. 열한 살짜리 아이가 혼자 바깥에 있을 시간이 아니었다.

물론 아주 위험하진 않았다. 밤늦은 시간이지만 공원 주변에는 더위를 피해 밖으로 나온 동네 사람들이 삼삼오오 앉아 담소를 나누며 부채질하고 있었다. 흔한 여름 풍경이었다. 만약 불량 학생들이 민준을 괴롭히려 한다면 어른들도 가만히 있진 않을 듯했다.

홍구는 반가운 마음에 그쪽으로 걸음을 옮기려다가 우뚝 멈췄다. 민준에게 말을 걸어도 되는 걸까 하는 생각이 잠시 스쳤다. 화난 사장의 얼굴도 떠올랐다. 어쩌면 이번엔 홍구 엄마에게 연락이 갈 수도 있다. 엄마가 알게 되면 당장이라도 아르바이트를 그만두게 할지 모른다.

'그래도……'

홍구의 눈에는 바닥을 보며 홀로 앉아 있는 민준이 왠지 위태로워 보였다. 그 모습이 홍구의 발목을 붙잡았다.

"이 시간에 왜 여기 있어?"

누군가의 목소리가 갑작스러웠는지 민준은 흠칫 어깨를 떨었다. 그리고는 그네에 앉은 채 홍구를 올려다봤다. 가로등 때문에 한 번에 알아본 것 같았다. 민준은 벌떡 일어서더니 아파트 쪽으로 몸을 틀었다.

"잠깐만."

홍구가 민준의 어깨를 잡았다. 민준은 뒤돌아보지 않았으나 손을 뿌리치지도 않았다. 홍구는 최대한 부드럽게 말했다.

"형이랑 잠깐 얘기 좀 하지 않을래?"

"……."

"경찰에 또 신고 안 할게. 안심해도 돼."

머뭇거리던 민준은 다시 그네에 앉았다. 홍구도 그 옆 그네에 앉았다.

"왜 이 시간에 나와 있어?"

민준의 대답은 조금 늦었다.

"……엄마 아빠가 아직 안 와서요."

"그럼 집에는 아무도 없어?"

"네."

"저녁은? 먹었어?"

민준은 가만히 끄덕였다. 어디서 먹었을까. 근처 다른 편의점에 가서 먹었을까. 식당에 갔을 것 같진 않았다. 그동안 편의점에 온 건 아이 혼자 식당에 들어가는 게 어색하고 어른들의 시선이 불편해서였을 것이다.

"이제 집에 가서 자는 게 낫지 않아? 밤이라 어두운데."

"무서워서요."

"뭐가?"

"혼자 있는 거요. 집이 너무 조용해서 잠이 안 와요."

"스마트폰은 없어?"

"엄마가 허락해 주는 시간에만 볼 수 있어요."

밤에는 인터넷에 접속하지 못하도록 아이의 스마트폰을 설정한 모양이었다.

"엄마 아빠한테는 말해 봤어? 집에 혼자 있는 거 무섭다고 말이야."

민준은 고개를 저었다.

"왜?"

"바쁘니까요."

"그렇구나."

홍구는 무심결에 민준의 옷을 봤다. 반팔 티셔츠를 입고 있었다. 지난번 일로 갈아입힌 것 같았다. 손톱 역시 깨끗했다.

"편의점에는 왜 안 와?"

민준은 대답하지 않았다.

"형이 뭐 도와줄 건 없어?"

"신고하지 마세요."

어렵사리 말하는 모습에 홍구는 뒷머리를 긁적였다.

"그때는 미안. 내가 오해했어."

"엄마 아빠는 나쁜 사람이 아니에요."

"엄마 아빠가 좋아?"

민준은 고개를 끄덕였다.

"왜?"

민준이 홍구를 빤히 쳐다봤다.

"엄마 아빠니까요."

하지만, 하고 말하려다 홍구는 입을 다물었다. 아이에게 상처가 될지도 몰랐다.

민준의 부모는 민준을 돌보지 않는다. 달랑 카드 한 장 주고 민준이 종일 뭘 먹고 뭘 하는지 별로 신경 쓰지 않는다. 적어도 홍구가 보기엔 그랬다. 민준은 엄마 아빠니까 당연히 좋아한다고 말하지만, 민준의 부모는 과연 그럴까. 자식이니까 당연히 사랑하고 있을까.

홍구는 할 말을 잃었다. 안쓰럽지만 홍구가 더 해 줄 말은 없었다.

"집에 가자. 데려다줄게. 이렇게 늦은 시간에 혼자 나와 있으면 안 돼."

민준은 잠깐 생각하는 듯하더니 그네에서 일어났다. 홍구는 민준의 손을 꽉 잡았다. 둘은 서안 아파트를 향해 걸어갔다.

"형 연락처 알려 줄까? 심심하거나 무서울 때 나한테 전화할래?"

홍구는 스마트폰을 들어 보였다. 민준은 홍구의 스마트폰을 말없이 응시했다. 그다지 원하는 일이 아닌 것 같았다. 홍구는 멋쩍어하며 스마트폰을 주머니에 집어넣었다. 순간 어떤 생각이 퍼뜩 스쳐 지나갔다. 홍구는 걸음을 멈췄다. 민준이 의아한 눈을 하고 홍구를 올려다봤다. 홍구가 의미심장한 미소를 지으며 말했다.

"형이 널 좀 도와줄 수 있을 것 같아."

5

다음 날 오후 여섯 시. 홍구는 민준을 다시 만났다. 아르바이트를 가야 하는 시간이지만 아프다는 핑계를 대고 하루 빠졌다.

종일 바깥에 있었는지 민준의 얼굴이 빨갛게 익었다. 민준은 영문을 모르겠다는 표정으로 아파트 앞 공원 벤치에 앉아 있다가 홍구가 다가오자 올려다봤다. 홍구의 머리 뒤에서 해가 지고 있었다. 홍구의 얼굴에 그림자가 드리웠다. 홍구는 의미심장하게 웃었다.

"가자."

민준은 둥그런 눈을 깜박였다. 홍구가 다시 말했다.

"밥 먹으러."

홍구가 민준을 데리고 간 곳은 편의점이었다. 당연히 홍구가 일하는 편의점은 아니었다. 그렇게 했다가는 거짓말을 들킬 게 뻔하니까. 홍구는 편의점 안으로 함께 들어갔다.

이제 뭘 하면 되느냐는 듯 민준은 홍구를 쳐다봤다.

"밥 먹으러 가자고 했잖아. 넌 여기서 밥 먹으면 돼. 평소처럼."

홍구는 스마트폰을 꺼냈다. 버튼을 누르고 곧장 촬영을 시작했다. 정작 민준이 움직이지 않았다. 당황한 것 같았다. 홍구는 얼른 움직이라는 듯 손짓했다.

"어서. 평소처럼 하면 된다니까. 이쪽은 신경 쓰지 마."

민준이 주춤주춤, 걸음을 옮기기 시작했다. 멈춰 선 곳은 컵라면 매대 쪽이었다. 계산대에는 대학생쯤으로 보이는 아르바이트생이 있었는데 이쪽을 슬쩍 쳐다볼 뿐 딱히 관심을 두지 않았다. 요즘엔 이곳저곳에서 영상을 찍는 사람들이 흔했다.

민준은 컵라면을 하나 골랐다. 오늘은 과자를 집지 않았다. 아무래도 평소와 똑같이 하라는 건 아이에게 무리인지도 몰랐다. 그래도 과자를 집으라고 일부러 시키지는 않았다. 민준은 평소처럼 계산대로 가서 카드를 냈다.

컵라면을 든 민준은 온수대가 있는 곳으로 자리를 옮겼다. 작은 손으로 컵라면을 뜯고, 까치발로 온수를 받았다. 다른 아이들보다 키가 작은 민준이 뜨거운 물을 쓰는 건 꽤 위험해 보였다. 홍구는 민준의 손을 클로즈업했다. 뜨거운 물방울이 튈 때마다 움찔거리는 손가락이 여실히 찍혔다.

민준은 조금은 어색한 얼굴로 컵라면을 조심조심 들고 가 테이블에 자리를 잡았다. 그러고는 평소처럼 창밖을 내다봤다. 그 모습을 홍구가 전체적으로 찍었다. 넓은 편의점 안에 홀로 앉아 있는 민준의 모습이 쓸쓸해 보였다.

잠시 후 민준이 컵라면을 먹는 모습을 얼마간 찍고 홍구는 촬영을 멈췄다. 끝까지 찍을 필요는 없었다. 장면들을 모아 나중에 하나의 영상으로 편집할 생각이었다.

최종 영상은 민준의 부모에게 보낼 계획이었다. 스마트폰으로 바로 전송하면 편하겠지만 그러면 발신자가 누구

인지 드러난다. 그래서 USB에 담아 민준의 아파트 우편
함에 가져다 놓을 생각이었다.

홍구는 다시 촬영 버튼을 누르고 민준에게 다가갔다.
인터뷰를 시작했다.

"왜 매일 컵라면을 먹어?"

'매일'이라는 단어에 조금 더 힘을 주면서 물었다. 민준
이 서툴게 하던 젓가락질을 멈추고는 작게 대답했다.

"돈 아끼려고."

"왜?"

"가난하니까."

의외의 대답이었다.

"응? 가난하다고?"

홍구는 그럴 리 없다고 생각했다. 엄마는 대학 병원 교
수, 아빠는 시 의원이라고 했다. 홍구가 어리둥절한 사이
민준이 대답했다.

"그러니까 엄마 아빠가 일을 많이 하지."

홍구는 미간을 구겼다. 민준이 그렇게 생각하는 줄은
몰랐다. 엄마 아빠가 매일 많은 일을 하는 이유는 돈이 많
이 필요해서일 거라고. 그래서 돈을 아껴 써야 한다고. 민
준의 생각을 민준의 엄마 아빠가 꼭 들어야만 한다고 홍

구는 생각했다.

저녁 여덟 시가 됐다. 홍구는 '8:00'라고 표시된 편의점 벽시계를 찍고 창밖을 내다보고 있는 민준의 모습을 촬영했다. 홍구는 민준의 하루를 모두 보여 줄 생각이었다.

"으흠."

뒤에서 헛기침 소리가 들렸다. 돌아보니 아르바이트생이 굳은 얼굴로 홍구를 쳐다봤다. 너무 오래 있어서 눈치 준다는 걸 바로 알아차렸다. 민준은 이런 눈빛을 매일 받아 왔을 것이다. 이것도 영상에 담을 수 있으면 얼마나 좋을까 싶었지만 차마 아르바이트생을 찍을 수는 없었다. 홍구는 민준에게 다가갔다.

"이제 가자. 집에."

홍구는 민준을 데리고 편의점을 나왔다. 이제 민준이 집에서 지내는 모습과 혼자 있기 무서워 늦은 밤 공원에 나와 있는 모습까지 담으면 끝이다. 20분가량 걸어 서안 아파트에 도착했다.

"형이 들어가도 되지?"

민준이 고개를 끄덕였다. 엘리베이터에서 내리자마자 다시 촬영을 시작했다. 민준은 비밀번호를 누르고 현관문을 열었다. 안으로 들어가는 민준을 홍구가 찍으며 따라

들어갔다.

홍구는 민준이 왜 집이 무섭다고 했는지 알 것 같았다. 집은 굉장히 넓었다. 커다란 거실에는 소파와 책장뿐이었다. 책장에는 홍구도 읽기 어려운 전문 서적이 가득 차 있었다. 그 흔한 텔레비전도 없었다.

민준은 거실 중앙에 우두커니 선 채로 저 멀리 창밖을 내다봤다. 가끔은 고개를 휘휘 돌려 집 안을 둘러봤다. 삭막할 만큼 조용했다. 지금 홍구가 있어도 민준은 집이 무서운 듯했다.

그때였다. 도어 록을 삑삑 누르는 소리가 들려왔다. 깜짝 놀란 홍구가 민준을 바라봤다. 민준 역시 당황한 것 같았다. 홍구는 어쩔 줄 몰라 하다가 급히 가장 가까운 방문을 열었다. 안에 작은 침대와 책상이 있는 걸로 봐서 민준의 방 같았다. 다행이라고 생각할 겨를도 없이 방문을 얼른 닫고 몸을 숨겼다.

"다녀오셨어요."

민준의 긴장한 목소리였다.

"왜 거기 그러고 있어? 들어가자."

남성의 무심한 목소리였다. 뒤이은 말은 없었다. 침묵이 흐른 후 다른 방문이 열리고 닫혔다. 홍구는 나지막이 한숨을 내쉬었다. 하루 종일 엄마 아빠를 기다려 온 민준에게 너무하다는 생각은 둘째 치고, 일단 들키지 않은 것만으로 안도해야 했다. 어서 나가야겠다고 생각했다.

홍구는 조심스럽게 문을 열었다. 그리고 기절할 만큼 놀랐다. 문 앞에 선 남성이 홍구를 노려보고 있었다.

6

"누구야?"

무서운 얼굴을 한 남성은 민준의 아빠가 분명했다. 홍구는 곤혹스러운 표정으로 민준을 돌아봤다. 민준은 완전히 하얗게 질린 채 바닥만 보고 있었다. 설명은 홍구가 해야 했다.

"안녕하세요. 저는 영인 고등학교에 다니는 김홍구라고 합니다."

"그런데?"

민준 아빠는 눈을 매섭게 치떴다. 그때 또 도어 록이 풀리는 소리가 들렸다. 현관문을 열고 들어온 건 40대 초중반으로 보이는 여성이었다. 무척이나 피곤한 얼굴로 테가 굵은 검은색 안경을 밀어 올리며 안으로 들어서던 그는 조금 놀란 눈으로 홍구와 민준 아빠를 번갈아 봤다.

"무슨 일이야?"

민준 아빠가 흘깃 보고는 다시 매서운 얼굴로 홍구를 쳐다봤다.

"그래서 대체 넌 누구냐고?"

홍구는 마음이 움츠러들었지만 진정하려 애썼다.

"저는 인근에 있는 편의점에서 아르바이트하고 있어요. 손님으로 온 민준이를 우연히 알게 돼서……."

"편의점?"

민준 아빠의 얼굴이 순식간에 일그러졌다. 뭔가를 떠올린 것 같았다.

"지난번 학대로 신고한 게 혹시 너냐? 그래?"

홍구는 자기도 모르게 머리를 숙였다. 곧바로 고성이 튀어나왔다.

"오늘은 또 무슨 이상한 소문을 내려고 왔냐? 민준이, 너! 아무나 집에 들이지 말랬지?"

"여보."

민준 엄마가 나서서 민준 아빠를 말렸다.

"무슨 일로 여기에 찾아왔니? 이 밤중에 온 이유가 있을 거 아냐?"

민준 엄마 역시 홍구의 정체가 수상하고 달갑지 않은

건 한가지였다. 홍구는 숨을 크게 들이쉬면서 민준 엄마를 향해 말했다.

"보여 드릴 게 있어서요."

"뭘?"

홍구가 스마트폰을 꺼냈다.

"민준이의 일상을 찍었어요. 민준이가 어떻게 지내고 있는지 모르시는 것 같아서요. 나중에 편집해서 보여 드리려고 했는데……."

"무슨 돼먹지 않은 소리야? 우리가 모르긴 뭘 몰라?"

"모르셨잖아요! 민준이가 옷을 제때 갈아입지 않은 것도, 손톱이 너무 많이 자란 것도요."

민준 아빠의 얼굴이 일그러졌다. 입술은 고집스럽게 다물려 있었다. 민준 엄마가 나섰다.

"잠깐 저기 앉아서 얘기하자꾸나. 당신도 소리 지르지 좀 말아요. 이 시간에 신고 들어가면 좋겠어요? 내년 선거를 생각해야지."

그 말은 마법과도 같았다. 민준 아빠가 흠, 하고 큰 헛기침을 뱉더니 소파를 향해 터벅터벅 걸어갔다. 민준 엄마는 홍구를 향해 손을 뻗었다. 어서 앉으라는 의미였다.

가장 상석인 소파에는 민준 아빠가 앉았고, 홍구는 오

른쪽 옆 긴 소파에 앉았다. 그 맞은편에는 민준 엄마가 민준과 함께 앉았다.

"뭘 보여 주겠다는 거냐?"

한결 누그러진 어조로 민준 아빠가 말했다. 홍구는 스마트폰을 테이블 위에 놓았다. 그리고 지금까지 찍은 영상들을 재생했다.

혼자서 컵라면을 먹는 모습, 온종일 창밖을 내다보는 민준의 일상이 그대로 담겨 있었다. 영상이 나오는 동안 홍구는 민준 아빠의 얼굴을 가만히 응시했다. 살짝 미간을 찌푸리고 아랫입술을 깨물기도 했다. 영상이 끝나자 홍구는 민준의 집으로 들어온 경위를 설명했다. 처음 민준을 만난 날부터 학대를 의심했던 일, 오늘 민준의 모습을 모두 담으려 했던 이유까지 최대한 정확하게 말했다.

"뭘 남자 새끼가 하루 종일 이러고 있어? 그러게, 내가 과외를 더 늘리자고 했지?"

어른은 고집스럽다. 미안함을 느끼면서도 잘 표현하지 않는다.

"민준이한테 필요한 건 아저씨와 아줌마의 관심이에요. 아직 엄마 아빠의 손길이 더 필요한 어린아이라고요."

"건방지긴! 네가 무슨 상관이야? 너는 네 일이나 해!"

민준 아빠는 계속 마음과는 다른 말을 꺼냈다. 홍구는 결정타를 날려야겠다고 생각했다.

"민준이가 집이 가난하다고 생각한다는 걸 알기나 하세요?"

"그게 무슨……."

"돈이 없으니까 매일 그렇게 엄마 아빠가 일을 많이 하는 거라고. 그래서 민준이가 돈을 아끼려고 컵라면만 먹는 걸 아시냐고요!"

"그건 아직 어리니까……."

"여보."

민준 엄마가 민준 아빠의 다리를 지그시 눌렀다. 홍구가 말했다.

"제가 드리고 싶은 말씀은 끝났어요. 짐작하신 대로 신고한 것도 저 맞아요. 불쾌하게 해 드렸다면 죄송합니다. 하지만 때리는 것만 학대가 아니라는 걸 배웠어요. 두 분도 그걸 아셔야 할 것 같아서요."

자신이 신고한 결과 민준은 계절에 맞는 옷을 입었고, 손톱도 짤막하게 정돈됐다. 용모가 단정해졌다. 쓸데없는 일이 아니었다.

"이 일로 민준이를 혼내지는 말아 주세요. 전 앞으로도 민준이를 자주 만날 거예요. 그래서 힘든 일이 있으면 언제라도 도와줄 거고요."

또 민준을 신경 쓰지 않는다면 나서겠다는 선언이나 다름없었다.

"됐어. 넌 그만 네 집으로 돌아가."

민준 아빠가 버럭 말했다. 그러나 이전 같은 말투는 아니었다.

"실례가 많았습니다. 민준아, 다음에 보자."

홍구는 민준을 향해 한껏 밝게 웃으며 손을 흔들어 주었다. 민준도 홍구에게 작은 손을 흔들어 주었다. 홍구가 신발을 신고 나가려는데 민준 엄마가 따라나섰다.

"미안하다."

"아니에요. 느닷없이 찾아와서 죄송합니다."

"아니야. 이렇게 와 줘서 고맙다. 네가 영상을 찍어서 보여 주지 않았더라면 우리가 없는 동안 민준이가 어떻게 생활했는지 전혀 몰랐을 거야. 스스로 잘하고 있는 줄로만 알았거든. 과외 선생님도 붙여 주고 학습지도 시켜 줬으니까. 사실은……."

민준 엄마가 뜸 들이며 말을 이었다.

"적응하기 힘들어하는 학교도 그만두게 해 줬으니까

우리가 해 줄 건 다 해 줬다고 생각했어. 부끄럽지만 네가 신고하기 전까지 민준이가 여름옷이 아닌 걸 입고 있는 줄도 몰랐다. 소문날까 봐 민준 아빠가 편의점에 항의도 했는데. 모두 사과할게."

"그렇게 말씀해 주셔서 감사합니다."

홍구는 머리를 꾸벅 숙였다.

"민준 아빠는 걱정하지 마. 말은 저렇게 해도 우리가 잘못한 걸 알고 있을 거야."

"네."

"고등학생이라고 했지? 공부하느라 너도 바쁠 텐데."

홍구는 뒷머리를 긁적였다. 어차피 공부는 잘하지 못한다. 대신 꿈이 있다. 그 꿈은 이번 일을 겪으며 더욱 구체화됐다. 사람들이 알지 못하는 곳에서 벌어지는 일을 다루는 1인 미디어 방송 기획자가 되는 것. 그 꿈을 말하자 민준 엄마가 빙긋 웃었다.

"어울린다. 기특하네."

"저, 한마디만 더 드려도 될까요?"

"뭔데?"

"집에 텔레비전 좀 놔 주세요. 저라도 너무 심심해서 혼자 집에 있기 싫을 것 같아요. 스마트폰도 가끔은 풀어 주시고요."

민준 엄마의 눈이 잠깐 커다래졌다가 곧 부드럽게 휘어졌다.

"그래. 그렇게 할게. 고맙구나."

"안녕히 계세요."

홍구는 허리를 꾸벅 숙여 인사했다. 민준 엄마의 미소를 보니 안심해도 될 것 같았다.

밖은 깜깜했다. 민준 엄마가 5만 원짜리 두 장을 건네며 집까지 택시를 타고 가라고 했지만 홍구는 받지 않았다. 걸어서 20분 정도 걸리는 비용으로 과했다. 왠지 민준을 도와준 대가를 받는 것 같아 거절했다.

낮보다는 확실히 덜 더웠다. 이따금 시원한 바람도 불었다. 걸을 만했다. 상쾌한 바람이 가슴속에 불어왔다. 문득 아르바이트하기를 잘했다는 생각이 들었다. 단순히 돈을 번다는 것에 그치지 않고 사회를 경험하고, 사람들과 새로운 관계를 맺을 수 있었다. 다른 사람을 돕는다는 건 이런 기분이구나 싶었다.

홍구는 잔뜩 상기된 채로 집 안으로 들어갔다.

"어? 오늘은 일찍 왔네?"

소파에 앉아 있던 엄마가 반색하며 홍구를 맞았다. 홍구는 벽에 걸린 시계를 올려다봤다. 밤 열 시가 조금 넘어 있었다. 평소 같았으면 두 시간은 더 지나 들어왔을 것이다. 그러고 보니 오늘 엄마에게 아르바이트를 쉰다고 말하지 못했다. 홍구는 지난 며칠간 일어난 일을 말하지 않기로 했다. 괜한 걱정을 끼치고 싶지 않았다.

"밥은 먹었어?"

홍구가 답하기도 전에 엄마가 물었다. 홍구는 엄마의 얼굴을 물끄러미 바라봤다. 엄마는 홍구가 자정이 넘어 들어와도 늘 깨어 있었다. 그러고는 매일 똑같은 걸 물었다. 밥은 먹었냐고. 그럼 꼭 종이비행기를 날리듯 안 먹는다는 말을 뱉고는 방으로 쏙 들어가던 자신의 모습이 떠올랐다. 엄마 역시 하루 종일 일하고 지쳤을 것이다. 그럼에도 홍구가 돌아오는 걸 확인하고, 늘 배가 고프지는 않은지 챙겼다. 문득 놀이터 그네에 외롭게 앉아 있던 민준이 떠올랐다. 홍구는 이런 엄마가 있다는 사실이 큰 행운이라는 걸 이제야 깨달았다.

시선을 돌려 주방 안을 봤다. 식탁 위에는 비닐 랩을 씌운 옥수수가 놓여 있었다. 랩 안쪽에 물방울이 맺혔다. 따뜻하게 쪄 놓은 게 분명했다. 매번 밥은 먹었냐고 묻는 엄마의 질문은 의례적인 게 아니었다. 혹시라도 홍구가 배고프다 하면 바로 먹을 수 있는 걸 준비해 놓았다.

홍구는 배고프지 않았다. 그래도 오늘만은, 엄마가 준비해 놓은 걸 먹고 싶었다. 홍구는 활짝 웃으며 대답했다.

"잘 먹겠습니다!"

일의 즐거움

고등학교 때 아르바이트를 했습니다. 친구들은 보통 편의점이나 카페, 패스트푸드점에서 했지만 저는 독특하게도 오리 배터에서 했습니다.

오리 배를 타러 오는 손님들에게 구명조끼를 입혀 주고, 선금을 받은 다음 오리 배에 안전히 탑승하도록 배를 잡아 주는 일을 했습니다. 정말 재미있는 경험이었습니다. 돈을 버는 것도 물론 좋았어요. '해냈다'는 성취감을 주었죠. 그런데 돈을 버는 것보다 더 즐거웠던 건 배를 타면서 행복해하는 사람들을 보는 일이었어요. 다른 사람들을 행복하게 하는 일을 한다는 건 굉장히 뿌듯했어요. 원고를 제안받았을 때 그 경험이 생각났습니다. 아르바이트를 하는 건 단순히 돈을 버는 일만이 아니라, 다른 사람과 짧게나마 관계를 맺고 그 사람을 도와주는 일이 될 수도 있다는 걸 말하고 싶었습니다.

정해연

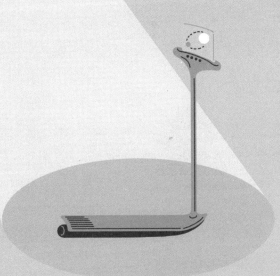

한밤에 이건 웬 스텝 –.

구조라움

박하령

『의자 뺏기』로 살림 청소년문학상 대상을, 『반드시 다시 돌아온다』로 비룡소 블루픽션상을 받았다. 「난 삐뚤어질 테다」가 KBS 미니시리즈 공모전에 당선됐고 『발버둥 치다』가 서울시 올해의 책에 선정됐다. 쓴 책으로는 『나의 스파링 파트너』 『숏컷』 『메타버스에서 내리다』 『나는 파괴되지 않아』 등 다수가 있다.

비가 추적추적 내리니 나가기 싫다. 기분도 한없이 다운되고 거기에 생리통까지 겹쳐서 더더욱 움직이기 귀찮다. 이런 날엔 상담사로서 옷을 제대로 갖춰 입어야 하는 것도 고역이다. 그래 봤자 포멀한 겉옷 하나 더 걸치는 거지만, 귀찮을 땐 머리만 넣으면 되는 원피스 잠옷 외엔 다 고역이고 노동으로 느껴진다.

홀로그램 입실 표를 띄워 보니 주말인데도 기숙사 안에 남아 있는 아이들이 제법 된다. 빨간 점의 숫자가 입실 현황을 보여 준다. 적어도 한 층에 다섯 개 이상 찍혀 있으니 공지를 띄우면 지원자가 많이 나올 게 뻔하다. 아무리 궂은 날이라 해도 이 일은 고액 아르바이트라 누구든 쉽게 나설 것이다. 다만 상담사협회 매니저가 지난번에 한 말이 마음에 걸린다.

"내가 화니를 추천했어."

일부러 나를 꼭 짚어 추천했다는 이야기는 어쩌면 의례적인 걸 수도 있다. 기숙사 식당 셰프가 개인 식사를 줄 때마다 '귀하를 위한 특별식'이라고 하지만 그 말이 누구에게나 똑같이 하는 말이듯이, 어쩌면 매니저가 모든 상담사에게 늘 쓰는 관용적인 표현일지도 모른다.

누워서 전자시계의 숫자가 바뀌는 걸 보고 있자니 약간 불안해진다. 갈지 말지 얼른 결정해야 한다. 난 이불을 머리끝까지 덮고 어둠 속에서 눈을 감은 채 눈동자를 굴려 본다. 마음을 정하기 힘들 때면 종종 쓰는 나만의 결정 방법이다. 눈동자를 이리저리 굴리면 눈 안으로 뭔가가 보인다. 어쩌면 눈이 보는 게 아니라 눈이 기억하는 무엇일지도 모르겠다. 아무튼, 빛처럼 보이는 하얀 선이 나타나는데 그게 가늘게 여러 줄이면 '예스', 굵게 한 줄이면 '노'다.

잠시 뒤 난 이불을 박차고 밖으로 튀어나왔다. 버튼을 누르면 헬멧에서 커튼처럼 쫙 펼쳐지는 우비를 잽싸게 걸치고 전동 보드에 올랐다. 태블릿에 주소를 찍고 출발했다. 기숙사에서 그리 멀지 않은 곳이라 45-F 도로 입구로 들어선 건 누워서 버둥거린 지 20분도 채 지나지 않아서다.

빗줄기는 처음보다 많이 가늘어졌다. 차를 피해 젖은 도로 위를 요리조리 미끈하게 달리다 보니 우중충한 기분도 차차 가시는 것 같았다. 게임으로 치면 'next level'은 충분히 받을 실력으로 잽싸게 달렸다. 유혹을 이기고 오길 잘했다고 생각한다. 비록 아무런 근거 없이 오로지 눈동자를 굴려서 정한 결과지만 그래도 최종적으론 내가 선택했다. 정말 오기 싫었다면 눈동자 속의 하얀 선을 다르게 해석했으리라. 나한테 선택권이 있다는 건 좋은 일이다. 이 부분에 자부심을 갖는다. 인간을 행복하게 하는 첫 번째 조건이 '자율'이니까. 사실 이 알바를 시작한 것도 온전한 나의 선택이었다.

2년 전 기숙사 정기 건강검진 심리 촉수지수 검사에서 이상 반응이 나왔다며 재검 판정을 받았었다. 신체적인 부위의 재검은 흔한 일이지만 심리 파트는 처음이라 나뿐 아니라 다들 호기심을 갖고 궁금해했다. 하지만 지도 교수도 아는 바 없다며 다만 '정상치에서 벗어난 수치라면 모두 재검 대상'이라고 일축했고 덕분에 아이들에게 '비정상'이란 놀림을 받았다.

하지만 국가 심리 과학 분석실에서 받은 재검 결과는 나쁜 게 아니었다. 연구실 박사는 내 결과 표에 'Full'이란 사인을 했는데 그건 일종의 '특수 능력'이라고 했다. 당황한 표정의 나에게 모두가 부러워하는 재능이니 자부심을 가지라고 못 박고는 뒤이어 바로 내게 이 아르바이트를 제안했다.

이 대목에서 과거를 소급해 보면 재검이란 것 자체가 어쩌면 나를 위한 게 아니라, 이 아르바이트에 적합한 사람을 찾기 위한 게 아니었을까 하는 생각도 든다.

처음엔 수습 기간이 필요하므로 주말을 오롯이 다 투자해야 한다고 했다. 그러면서 제안한 금액이 워낙 고액이라 주말뿐 아니라 평일 시간까지도 다 내놓으라고 해도 전혀 저항감이 안 들 정도였다. 하지만 내가 해야 할 일에 관해서는 들으면 들을수록 막막하기만 했다. 구체적으로 내가 뭘 하는 건지 도무지 이해가 가질 않았다. 뜬구름 잡는 이야기 정도가 아니라 아예 귀신 씻나락 까먹는 소리랄까? 처음엔 '내가 이해력이 부족한 건가?'라는 회의를 품다가 마침내는 아직 검사 중인 게 분명하다는 결론을 내렸다.

'이건 아직 검사의 일부인 게 뻔해.'

이상한 상황의 덫을 놓고 거기 걸린 인간이 어떻게 반응하는지를 체크하면서 인간 심리를 캐치하고 분석하는, 그런 실험의 대상자가 바로 나일 거란 추측.

조금 전에 제시받은 거액의 아르바이트비에 혼자 설레발치며 좋아했던 내 자신이 민망했다. '그럼, 그렇지. 그런 금액이 나한테 가당키나 해?'라고 생각하며 실소를 머금고 있는데, 박사가 내 마음을 읽었는지 진지한 눈빛으로 쏘아보며 내 손까지 잡고 말했다.

"아주 중요한 일이야. 인류가 엄청난 시간과 노력을 들여 이룬 쾌거가 추락할 위기에 놓였으니까."

'뭐야, 박사란 사람이 이런 거창한 거짓말까지 하면서 꾈 일이람?'

게다가 박사는 농담을 하기엔 전혀 어울리지 않는 외모를 가졌다. 진지하고 고지식한 인상에 도수 높은 안경과 하얀 가운까지 다 갖춘 전형적인 박사 외모였으니까. 급기야 나도 모르게 참았던 콧바람이 터졌다.

"풋! 설마…… 고작 아르바이트생이 그런 거창한 일을 한다고요?"

그러자 박사는 양손 주먹을 쌓았다가 하나를 빼는 시늉을 하면서 말했다.

"담에서 벽돌 하나가 빠지면 우르르 무너지기도 하는 법이잖아?"

여기서 벽돌은 사소하지만 중요한 무엇이란 소리겠지? 잘못 빼면 우르르 무너지는 젠가 게임이 떠오르며 황망함이 느껴졌다. 기억을 떠올리면 동반되는 감정이 그 기억을 더욱 또렷하게 한다. 감정은 그런 거다.

"제가 뭘 할 수 있다는 건지 도통⋯⋯."

"비유하자면 AI 심리 치료사랄까?"

"네?"

"물론, 이해가 안 가겠지. 아무리 엄청난 능력을 가졌다 해도 AI이란 건 어떤 면에선 고철덩이에 불과한 건데, 심리는 뭐고, 치료는 뭔가? 장난치는 건가? 이런 마음이겠지."

충분히 그런 생각을 할 만했지만 상대는 박사다. 그의 권위에 짓눌려 난 '뭐, 깊은 뜻이 있겠지.' 하는 마음으로 듣기만 했지 판단하지는 않았다. 아니, 솔직히는 '그만하고 저 좀 이제 보내주세요.' 하는 마음으로 건성건성 들었다. 반박하거나 질문하면 말이 길어질 테니 검사를 빨리 끝내려면 가만히 있는 게 최선이라고 생각했다. 박사는 뒤이어 말했다.

"자네, 프롬프트 엔지니어란 직업 알지?"

"네. 질 높은 질문을 던져서 AI를 훈련하는 직업이라고 알고 있어요."

"그렇지. AI가 최적의 결과를 도출하도록 설계하는 전문가지. AI는 정보 암기력과 처리력은 엄청나지만 선택적 망각력이 없지. 그건 인간만이 할 수 있는 능력이니까. AI 안에 있는 지식을 편집력 있는 우리 인간이 질문으로 훈련을 시키는 거지."

AI와 공존이 피할 수 없는 현실이 되면서 세계는 최대 수준의 AI 생태계를 확보했고 프롬프트 엔지니어는 주목받는 직업이 됐다. 단순한 엔지니어적 접근보다는 논리적 사고력과 창의력, 상상력의 영역까지 섭렵한 디자이너적인 접근을 해야 한다고 들었다. 앞으로 프롬프트를 자율적으로 생성하여 인간의 개입 없이 스스로 집행하는 오토GPT의 비중이 커지게 되면 프롬프트 엔지니어도 하향 곡선을 그리게 될 거란 추측도 있었다. 하지만 오토GPT의 대중화는 아직 멀어 보이고 부작용 또한 심한 터라 아직은 프롬프트 엔지니어가 최고의 직업이라고 해도 과언이 아니다.

"그런데요?"

"그러니까 화니 양이 프롬프트 엔지니어 역할을 하는 거지."

"네? 설마."

아무리 똑똑한 AI라고 해도 결국 사용 결정권은 우리 인간에게 있다는 의미에서 우리는 가끔 '뭐든지 다 아는 바보'라고 AI를 놀리곤 했다. 실제로 대화형 AI들은 맥락을 이해 못해서 가끔씩 말도 안 되는 황당한 답을 하기도 하니까. 하지만 AI는 말 그대로 범접할 수 없는 지능을 가졌다. 과제할 때나 가끔씩 챗GPT를 활용하고 의지하는 내가, 그야말로 내 주제에 뭘, 어떻게 할 수 있겠냔 말이다. 어이없어 또 콧바람이 나올 참에 비로소 박사는 내가 알아먹을 만한 이야기를 했다.

"과학자가 풀 수 없는 불가사의한 바이러스가 AI에게 발견됐어."

"아!"

불가사의하고 과학자가 못 하는 일에는 차라리 내가 동원될 수 있겠단 생각이 들었다. 전문적인 기술을 요하는 일은 아닐 테니까. 그 뒤부터는 박사의 말이 귀에 들리기 시작했다. 이성적인 판단을 하는 칩을 잠시 내 뇌에서 빼낸 채, 마치 전설 같은 옛날이야기를 듣듯이 감정이입을 하니 모든 게 이해되기 시작했다.

요약하자면, 실체조차 확인이 안 된 바이러스로 인해 AI에게 에러가 났단다. 과학계에서는 공공연한 비밀처럼 알려져 있지만 일반인에게는 쉬쉬하는 중이라고. 편의상 바이러스 침투라고 표현하지만 그렇게 명명해도 될지조차 모른다고도 했다. 왜냐하면 외부에서 침투한 것이 아니라 운용 체계 안에서 자발적으로 생성된 무엇에 의한 것이기 때문이다. 그런데도 바이러스라고 불러야 하는 근거는 자발적으로 생성된 무엇이라면 AI 개발자들이 원인을 찾아낼 수 있어야 하는데 전혀 감을 잡을 수 없다는 것이다. 한마디로 불가사의한 일이라고 했다.

치료용 백신 개발을 위해 백방으로 애썼지만 거듭되는 불발로 거의 포기할 무렵, 몇 가지 특이점을 찾아냈다고 한다.

첫째, 문학이나 예술적인 분야에 사용 빈도가 높은 대화형 AI들에게서 에러 빈도가 높다는 사실이다. 시각, 청각 관련 정보는 상당 부분 디지털화되어 있지만 미각, 촉각, 후각 등은 언어 형태로 표현하기가 거의 불가능하

단 점도 그것들, AI가 가진 한계였다. 인간이 느낀 예술적 경험을 아무리 설명한다 해도 인간에게도 제대로 전달이 안 되는데 하물며 AI가 입력된 정보로 재출력하고 전달하는 게 정확할 리 절대 없으니 어려울 수밖에.

과학자들은 이런저런 언어적 한계에 봉착한 AI가 무력감을 느끼면서 이상 반응을 일으키고 그것이 반복되며 에러가 생겨난 게 아닌가 추측했다.

두 번째로 발견한 사실은 미성년자들이 사용하는 AI에는 바이러스 생성 이력이 거의 없다는 점이다.

과학자들은 이 두 가지 특이한 현상이 의미하는 바가 무엇일지 챗GPT에게 물어봤더니 일반적인 우울증 증세라고 답했다고 한다. AI에게 벌어진 불가사의한 문제점을 AI에게 물어봤다는 것도 완전 아이러니했지만 AI의 무력감, 우울증 같은 표현도 들을수록 황당할 따름이었다. 마치 '관절염에 걸린 자동차'란 말과 별반 다를 게 없었다.

언젠가 책에서 본 삽화가 떠올랐다. 땀 흘리며 헉헉대는 AI의 모습은 동화에서나 볼 법한 일인 줄 알았는데, 상상의 영역에서 일어날 일을 과학자가 '팩트'라고 말하고 있다. 그러니 이성적으로는 '그게 말이 돼요?' 내지는

'이해할 수 없어요.'라고 해야 하지만 왠지 적합한 반응이 아닌 것 같았다. 어차피 나는 그런 일에 동원된 사람이 아닐 테니까. '각자에게 맡은 바 역할'이란 말이 있듯이 말이다. 나는 진솔한 생각을 전했다.

"AI가 마음에 병이 났군요."

역시 박사는 황당한 표정 대신 다소 흐뭇한 얼굴로 고개를 깊게 끄덕였다. 이런 식의 접근을 원했을 테니까. 그렇다고 내가 박사한테 잘 보이기 위해 그런 말을 한 건 절대 아니다. 그냥 늘 하던 대로 나만의 의식의 흐름을 자연스럽게 내보였을 뿐.

나는 생물이든 무생물이든 다 그것대로의 마음이 있다고 생각하는 편이다. 물론 내 사적인 마음 창고 안에서만 드나드는 생각이다. 실제로 나는 내 컴퓨터를 켜고 끌 때 '안녕?'과 '안녕~'을 외치는 편이고 그게 내 컴퓨터의 안녕에 도움이 된다고 굳게 믿는다.

그렇다고 내가 오로지 컴퓨터를 잘 사용하기 위해 그런 시작과 끝인사를 하는 건 아니다. 단지 내가 좋아하는 것들에 대한 일종의 애정 표현이다. 교감의 차원까지는 못 가는 비록 일방적인 표현에 불과해도 그건 분명 흔적을 남긴다. 돌아가신 아빠가 남긴 도자기에 시선을 줄 때와 무관심했을 때의 상태는 달랐다. 절대 보관 상태가 모든 걸 말하지 않는다. 고로 세상을 움직이는 눈에 보이지 않는 수많은 섭리, 불가사의도 포함해 나의 '안녕' 같은 배려도 어떤 식으로든 영향을 미칠 거라고 믿는다. 아무리 정확한 기계라 해도 원인과 결과가 딱딱 맞지 않을 수 있다. 예를 들어 원인불명의 고장도 있듯이 말이다. 그러니 AI도 얼마든지 마음의 병에 걸릴 수 있다.

뒤이어 '캥거루 케어'도 떠올렸다. 신생아 중환자실에서 아기를 맨살로 꼭 껴안고 있기만 해도 실제로 아기의 생존율이 30퍼센트나 증가한다는 실험 결과가 있다고 들었다. 의사들은 체온 유지와 심리적 안정 등의 물리적 치료 효과를 꼽지만 난 이 또한 불가사의의 영역이라고 믿는다.

그래서 이 아르바이트를 시작했다. 마음의 병에 걸린 AI에게 온기를 전하겠다는 마음으로. 그 사실 자체를 인정하지 않고는 절대 시작할 수 없는 일이므로 사명감도 있었다.

하지만 로이는 달랐다. 수습 기간 중 만난 로이는 이 일에 대해 여러모로 회의적이라고 했다. 로이는 눈동자가 유난히 반짝이고 한눈에 보기에도 총명해 보이는 아이였다.

"사기 아님?"

"설마, 돈까지 주면서 사기를?"

"무슨 일이든 적정 대가 이상을 주는 건 사기일 확률이 높거든."

"나라가 운영하는 곳에서 왜? 그것도 우리 같은 애들을 상대로?"

"우리를 마루타로 삼으려는 거지. 그 점을 밝히지 않은 게 사기고."

"뭘 위한?"

"뭐든, 큰 그림을 위한 소모품으로 우릴 쓰는 거야. 그렇지 않다면 우리같이 과학적 능력치라곤 1도 없는 애들을 알바로 쓰겠어?"

큰 그림 자체가 결국 인류를 위한 거라 생각하면 소모적으로 쓰인다 한들, 그게 뭐 대수냐 싶은 생각도 들었다. '캥거루 케어' 이딴 말은 아예 입 밖으로 내지도 않았다. 로이가 비웃을 게 뻔하니까. 아닌 말로 내 자신에게 해가 되는 것도 없는데 그리고 아르바이트란 것 자체가 직업이 아닌 임시직인데 뭘 그리 캐고 드나 싶었다.

"그러니까 알바지. 그리고 알바생한테 조목조목 밝히

지 않은 걸 사기라고 할 수는 없잖아?"

"아니, 수상한 게 많아. 바이러스 치유에 우리를 쓴다? 그건 설득력이 없어. 프롬프트 엔지니어가 AI를 학교에서 전문적으로 훈련하고 공부도 시켜서 고도의 능력자로 키워 주는 학습 분야의 선생님이라면, 우린 그저 방과 후에 에러 먹은 애들과 놀아 주면서 그야말로 릴랙스를 시키는 일만으로 AI를 치유한다는 건데 넌 그게 이해돼?"

"뭐, 어차피 AI에 바이러스가 생겼다는 전제부터 이해가 안 되는 일이잖아? 그러니 이런 비과학적인 접근도 믿고 하는 거지. 그게 아니라면 넌 이 일을 왜 해?"

"난 돈을 준다니까. 그것도 고액이니."

그건 나도 마찬가지였다. 다만 난 선의를 믿고 로이는 회의감을 가진다는 그 차이만 있을 뿐.

그렇게 나와 로이 같은 애들의 숫자가 서서히 많아져 2년이 지난 지금엔 'AI 감정 충전 아르바이트'라는 이름이 공공연히 쓰이고 있다. 하지만 누구도 로이처럼 큰 그림이 있을 거라고 의심하지 않는다. 일 자체가 특별한 기술이 필요한 것도 아니고 그저 AI를 상대로 편히 이야기를 나누고 비교적 고액 알바비를 받는 일에 다들 만족했으니까. 게다가 2년 전과 달리 이젠 'AI 바이러스'라는 용어도 일반적으로 쓰이기 시작했다. 인간의 마음과 정신을 다루는 직업이 최고의 수익을 누리는 시대가 되어 실제로 의학 분야도 기술적인 의미의 의술보다는 환자들의 마음을 다스리는 정서적인 역할을 더 강화하게 되었듯이 말이다. 그런 의미에서 인간의 목소리로 처방전을 전해 주는 우리의 아르바이트를 나름 의미가 있다고 생각해 주는 분위기다.

우리가 할 일은 AI 그들이 뱉는 환각 오류나 실수를 비난하지 않고 편하게, 그들이 릴랙스할 수 있는 시간을 제공하는 것이다. 그야말로 캥거루 케어처럼 심리적 '토닥토닥'이랄까? 지정된 곳에 가서 그곳 AI의 에러 코드를 듣고 그에 맞는 처방책으로 언어를 최대한 부드럽게 들려주는 식이다.

그렇다고 일방적인 입력의 차원인 건 아니다. 대화형 AI와 나누는 대화이므로 최대한 적절한 어휘 선택, 전후 맥락 파악, 어조의 민감함, 음성의 크기나 톤의 부드러움 등을 고려해야 하는 난이도 있는 일이다. 하여 능력 여하에 따라 가산점을 받는 알바생은 아르바이트비가 높아지기도 하고 이에 적합지 못한 알바생은 AI 상담사 자격에서 영구 탈락되기도 한다.

듣기로는 장난삼아 짓궂은 질문을 해서 AI를 골탕 먹인다든가 본인의 감정 조절 실패로 분풀이를 하거나 건성으로 시간을 때우는 경우도 있다고 들었다. 그에 비해 나는 성과가 좋은 우등 알바생으로 아르바이트비도 높은 편이다.

그렇다면 나로선 만족도가 높아야 할 것 같지만 문제는 아르바이트를 하는 입장에서 전혀 즐겁지 않다는 거다. 가성비 좋은 아르바이트지만, 최소한의 만족감 내지 성취감조차 느낄 수 없다는 점에서 번번이 멈칫하게 된다. 로이 말대로 그야말로 내가 소모되는 느낌이랄까? 소통되는 사이도 아니고 그렇다고 상대가 성장한다는 느낌이나 진짜 치유의 시간을 누린다는 확신도 없었다. 그냥 즐겁지 않은 기계적인 공놀이를 반복하는 기분이다. 게다가 내 애장품들을 향해 '안녕' 할 때의 애틋함마저 가질 수 없다. 왜냐면 늘 하루 전에 연락받은 주소로 가서 새로운 에러 코드를 가진 AI를 만나기 때문이다. 오늘 출발 전에 뭉그적거린 이유도 궁극적으로는 그거다. 비나 생리 때문이 아니라.

집은 높은 축대 위에 자리 잡고 있었다. 기하학적인 무늬가 새겨진 인공 대리석이 높게 쌓여 있어 어디서부터 어디까지가 집인지 가늠할 수 없었다. 마치 거대한 성처럼 보였다. 벨을 찾기까지도 시간이 걸렸다. 기계음과 함께 열린 문 안으로 들어가 정교하게 잘 전지된 소나무 숲을 통과했다. 한참을 들어가 간신히 현관처럼 보이는 문을 발견할 수 있었다. 난이도 높은 미로 찾기에서 성공한 기분이었다. 현관문을 연 사람은 노인이었다. 몸속의 지방을 다 도려낸 것처럼 바싹 마른, 얼핏 보면 미라처럼 보일 정도로 겉모습이 건조했다.

"안녕하세요. AI 상담사입니다."

인사를 건네자 노인은 고개를 끄덕이고 따라오라는 손짓만 했다. 현관 오른쪽으론 집의 외관과 걸맞은 탁 트이고 웅장한 거실이 보였다. 그리고 거실 벽에는 다소 섬찟할 만큼 커다란 노인의 초상화가 걸려 있었다. 초상화 속 노인은 한눈에 보기에도 위엄과 기개가 보였지만 현실 속 노인은 달랐다. 비척비척 다리를 휘청이며 지루할 만큼 천천히 걸어 나를 복도 왼쪽 첫 번째 방으로 안내했다. 오로지 손짓으로만.

방에 들어서자 노인은 배터리가 다 된 인형처럼 창가

쪽 등받이가 높은 안락의자에 간신히 몸을 눕히다시피 앉더니 입을 뗐다. 노인의 목소리는 명멸하는 무엇처럼 작고 가늘었고 간신히 점선을 잇듯이 천천히 말했다.

"상담사라고? 학생, 반가워요. 이름은 제다이 205, 에러 코드는 3055야."

3055는 돌발 행동이다. 예측 불허일 때 사람은 제일 당황하기 마련이라 돌발 행동은 에러 코드 중에서는 제일 위험 지수가 높은 항목이다.

에러 코드 입력 뒤 지시받은 처방 파일을 폰에 내려받고 있자니 누군가 방으로 들어왔다. 노인의 가족일 거라 생각하고 폰만 보고 있었는데 등 뒤로 AI 고유의 미세한 기계음이 들렸다. 고개를 돌려 보니 그곳엔 건장한 젊은 남자가 서 있었다. 한눈에 보기에도 방금 본 노인과 닮아 있기에 노인의 아들이라고 생각했다. 고개를 까닥이며 인사하는데 또다시 기계음이 들렸고, 난 의아한 표정으로 올려다봤다. 그런데 찬찬히 다시 보니 그건 인간이 아니라 분명 로봇이었다. 미간 사이에 얕은 주름까지 있었지만 귓불 아래에서 반짝이는 붉은 불빛이 인간이 아님을 말해 주었다. 난 놀라서 하마터면 폰을 떨어트릴 뻔했다. 인간이라고 착각할 만큼 너무 정교했다.

물론 아르바이트를 하면서 만난 대부분의 AI들은 인간의 형상을 하고 있었다. 하지만 형상을 했다 뿐이지 움직임이나 외관은 조악하기 이를 데 없어서 절대 인간으로 오해할 수 없었다. 차라리 전형적인 깡통 로봇의 모습인 게 더 낫겠단 생각이 들 만큼 대부분 어색한 모습이었다. '고도의 기술을 굳이 저런 데 담고 있어야 해? 좀 더 세련된 디자인은 불가능해?' 번번이 이런 생각이 들었으니까.

그런데 지금 내 앞의 로봇은 눈을 비비고 봐야 할 정도로 인간의 모습과 닮아 있다. 심지어 눈동자마저 사람의 홍채와 같아서 내 마음을 다 읽고 있는 것 같다는 위기감이 들어 약간 주눅이 들었다. 아닌 게 아니라 다른 때라면 아무런 지시 없이 시작했을 상담 업무를 내 쪽에서 먼저 시작해도 될지 망설였고 급기야 노인에게 묻기까지 했다.

"저, 시작해도 될까요?"

하지만 창 쪽으로 방향을 튼 노인이 앉은 의자는 미세하게 움직일 뿐 아무런 대답이 없었다. 가는 숨소리가 어렴풋이 들리는 걸로 보아 그새 잠든 듯했다. 하긴 대개의 경우 로봇의 주인은 에러 코드를 알려 주는 것 외엔 상담사와 더 이상 말을 섞지 않는다. 그러니 대답을 기다릴 필요는 없다. 난 여느 때처럼 상담 매뉴얼에 따라 대화를 시작했다.

거대한 대리석 테이블을 사이에 두고 AI 로봇, 제다이 205와 마주 앉아 이야기를 나눴다. 에러 코드가 돌발 행동이라고 해서 약간 긴장을 했다. 언젠가 3055를 상담한 케이스 중에는 그야말로 돌발적으로 이상 반응을 해서 상담을 중단할 수밖에 없었다는 이야기를 들은 기억이 났다. 하지만 상담에 특이 사항은 전혀 없었다. 대화 사이사이 나와 눈동자를 맞추는 AI 때문에 오히려 내 쪽에서 질문을 늦게 하거나 혹은 약간의 버벅거림과 쉼을 갖는 특이점이 있었다. 불쑥불쑥 매뉴얼 외의 질문을 해 보고 싶은 충동마저 느꼈다고나 할까?

그건 제다이 205의 눈동자 때문이었다. 왠지 내게 기막힌 사연이라도 호소하지 않을까 하는 상상을 불러일으키기도 했고 한편으론 이렇게 인간과 똑같은 외모를 가진 AI가 존재할 수 있다는 사실이 공포스럽기도 했다. 인간이라 착각할 만한 외모에다 프롬프트를 자율적으로 생성하고 스스로 집행하는 오토GPT의 기능까지 가진다면 최악의 시나리오가 벌어지지 않으리란 보장도 없지 않을까? 하는 걱정 때문에.

전자가 AI를 생명체로 느껴 연민을 느낀 거라면 후자는 AI가 인류를 위협할지도 모른다는 노파심이라 서로 배치되는 감정이었다. 아무튼 두 감정 때문에 난 여러 번 상담의 흐름을 놓쳤던 것 같다. 그렇게 간신히 상담을 끝내고 종료 버튼을 누르려는데 문밖에서 누군가 나를 다급하게 부르는 소리가 들렸다.

"학생! 학생, 잠깐만 나 좀 도와줘."

느리고 어눌한 작은 목소리. 그건 틀림없이 노인의 목소리였다. '어? 소파에서 자는 걸로 알았는데 언제 나간 거지?' 의아해하며 서둘러 밖으로 나갔다. 긴 복도 끝에 방문이 열려 있고 그쪽에서 소리가 났다.

"여기로."

방으로 뛰어 들어갔지만 어디에도 노인은 없었다. 노인은커녕 인간의 흔적이라곤 하나도 느껴지지 않았다. 뭔가에 홀린 기분이 들었다. 다시 상담을 했던 방으로 되돌아가려는데 이번엔 거실 창 쪽에서 소리가 났다. 도와 달라는 말을 듣고 나왔기에 나는 쉽게 돌아설 수 없었다. 게다가 '학생!'이라고 분명 나를 지칭했으니까. 거실의 창은 굳게 닫혀 있었다. 손잡이가 보이지 않아 도대체 어떻게 열어야 할지 몰랐다. 기역 자로 된 이음새 부분이 다른 재질로 도드라져 있는 걸로 보아 통창이 아닌 건 확실했다. 이음새 부분을 잡고 이런저런 시도를 해 봤다. 미닫이문처럼 밀기도 하고 두들겨 보기도 했다. 하지만 그 어떤 시도에도 창문은 꿈쩍하지 않았고 난 포기해야 했다. 하지만 그 순간에도 어디선가 고함치는 소리가 계속 들려서 창을 두들겨 보기까지 했다. 하지만 아무런 성과도 이룰 수 없었다.

결국 모든 걸 포기한 나는 다시 상담을 했던 방으로 돌아갔는데 어이없게도 방문이 잠겨 있었다. 아마도 안에서만 열 수 있게 자동 록이 걸리는 문인 듯했다.

"제다이 205! 어르신!"

서너 번 연거푸 불러 봤지만 아무런 대답도 없었다. 뭔가에 홀린 기분에 뒤이어 찝찝함까지 느껴졌지만 내가 더 할 수 있는 일은 없었다. 하긴 업무가 종료된 터라 딱히 들어가야 할 용무가 더 없는 나는 현관 밖으로 나와 상담 업무 일지를 발송했다. 상담 시간은 여느 때처럼 총 한 시간 정도였고 발송 버튼을 누르면 자동 기록된 대화 내용이 상담소로 전달된다. 그걸 근거로 아르바이트비가 책정되므로.

밖으로 나왔을 땐 비가 그친 정도가 아니라, 유난히 맑은 햇살이 거리를 비추고 있어 완전 딴 세상에 막 도착한 기분이 들었다. 비 온 뒤의 햇살이 적당한 습도를 머금고 있어서 오후 네 시 특유의 나른함은 전혀 느껴지지 않고 청아한 아침 같다고나 할까. 그래서일까? 알바를 끝내고 나온 여느 날과는 아주 다른 기분이 들었다. 뭔가 성취감 같은 만족감이랄까?(물론 마지막에 들린 도와 달라는 목소리가 약간 마음에 걸리긴 했지만 잘못 들은 거일 수도 있고 그 학생이 나를 지칭한 게 아닐 수도 있으니까.)

밤에 잠자리에 들었을 때 난 깨달았다. 낮에 느낀 성취감, 그건 햇살 때문이 아니라 여느 때와 다른 AI를 만나서라는 걸 말이다. 낮에 만난 제다이 205의 눈동자가 계속 떠올랐다. 비록 가짜지만, 아니 형상만 인간과 똑같을 뿐 그간의 다른 AI들과 하나도 다를 바 없을 테지만 내겐 달랐다.

새삼 AI 상담사가 '할 만한 일'이란 생각에 만족감이 들기도 했고 또 한편, 몸을 뒤척이며 돌아누울 때엔 내가 무서운 일에 일조하는 게 아닌가 하는 아이러니한 회의감이 들기도 했다. 물론 깊이 생각하지는 않았다. 어차피 나는 아르바이트생이므로.

다음 날 아침, 눈을 뜨자마자 난 소장의 전화를 받았다. 내용인즉 어제 상담에 특이 사항은 없었느냐와 상담 일지를 받지 못했다는 것이었다. 난 별일 없었고 상담 일지를 다시 보내겠다고 간단히 말한 뒤 끊었다. 아닌 게 아니라 메일엔 '주소 불명으로 인한 반송'이라고 표시되어 있었다. 다소 의외였다. 더러 보고를 누락해도 홀로그램 워치에 미발송 알림만 뜨지 이렇게 소장이 직접 전화를 하는 예는 처음인데다 심지어 소장의 목소리가 지나치게 드라이했다. 혹시 보고 누락을 언짢아하는 건가 싶어 마음이 편치 않았다.

그런데 오후에 기숙사 급식실에서 늦은 저녁을 먹으면서 우연히 듣게 된 뉴스에 화들짝 놀랐다. 여느 때와 비슷한 사건 사고를 알리는 뉴스였는데 그중엔 내가 어제 간 그 집에서 벌어진 사고를 전하는 내용이 있었다. 자료 화면엔 거실이 보였다. 노인이 앉았던 안락의자가 널브러져 있었고 그 뒤로 선명한 핏자국이 어렴풋이 보이도록 뿌옇게 모자이크 처리가 되어 보였다. 에러로 돌발 행동을 한 AI에 의해 노인이 살해되었다는 소식이었다. 하우스키퍼 역할이 최우선 명령으로 입력된 AI 로봇이 베란다 밖에서 창으로 들어오려던 노인을 침입자로 착각해

공격했다고 기자는 전했다.

자세히 보기 위해 인터넷을 검색했다. 도구로서의 AI의 윤리적 활용법이 또다시 거론되었고 그동안 언론에서 전문가들이 주야장천 떠들어 대던 대사, 즉 'AI는 인류 역사상 가장 위대하지만, 가장 두려운 기술이므로 반드시 규제가 필요하다.'는 이야기가 여러 전문가의 입으로 반복됐다. 하지만 다들 AI의 편의성에 길들여진 상태라 이제 그 이야기를 의례적인 관용어로 치부하는 분위기도 있었다. 호들갑조차 안 할 수 없으니 하는 의례적인 호들 갑이랄까? 심지어 댓글 창엔 '얻는 게 있으면 잃는 게 있다.'는 식의 댓글도 실시간으로 올라 올 정도니까. 그 사건은 그리 무겁지 않게 다뤄지고 지나갈 분위기였다.

하지만 난 가슴이 떨려서 미칠 것 같았다. 밥은커녕 앉아 있기도 힘들었다. 사건이 벌어진 곳은 내가 어제 있었던 바로 그곳이고 피해자는 내가 만난 노인이며 가해자는 눈빛이 아직도 생생하게 기억나는 바로 그 '제다이 205'다.

가슴을 진정하기 위해 물이라도 마실 생각으로 식탁에서 일어서려다 다시 주저앉았다. 텔레비전 화면에서 제다이 205의 얼굴을 보았기 때문이다. 제다이 205는 울고 있었다.

'어? 뭐야! 로봇이 운다고? 말이 돼?'

놀라 바라보는데 기자가 말했다. 슬퍼하고 있는 죽은 노인의 아들이라고. 그렇다. 제다이 205가 아니다!

불현듯, 뭔가 괴기한 느낌에 사로잡혔다. 물론 난 어제 제다이 205를 보고 노인을 닮았다고 생각했다. 그러므로 제다이 205가 노인의 아들과 흡사한 건 얼마든지 있을 수 있는 개연성 있는 일이다. 하지만 후들거리던 걸음으로 간신히 걷던 고령의 노인이 베란다로 들어왔다는 건 개연성이 부족했다. 내 기억으론 창틀이 일반 거실 창과 달리 유난히 턱이 높은 편이라 아무리 급박한 상황이 생겼다 해도 노인이 넘기엔 가당치 않았다.

게다가 더 이상한 사실은 뉴스에서 말한 사건 발생 시간엔 내가 분명 그 집에 있었다는 점이다. 기숙사로 돌아와 내 방 침대 위에 놓인 홀로그램 시계에 '4:44' 이렇게 찍혀 있던 숫자를 본 기억이 너무나 선명하다. 어려서부터 시계에 같은 숫자가 나란히 찍힌 걸 우연히 보게 되면 '좋은 일이 있을 거야.'라고 습관처럼 생각했기에 어제 역시 그 숫자를 예사롭게 보아 넘기지 않았다. 그러니 내 기억이 오류일 리 없었다.

시간을 거슬러 되짚어 계산해 보면 기숙사 입구 택배 보관소에서 10분을 넘게 소진했다 쳐도 보드를 탄 시간은 30분 정도였다. 중간에 길을 건너면서 지체한 시간이 아무리 길어도 5분은 넘지 않았으니 네 시엔 그 집에 있었던 게 분명하다. 그런데 어떻게 내가 그 사건을 모를 수 있단 말인가? 설마 도와 달라고 외치던 노인의 음성이 이번 사건과 관련 있는 걸까? 이런저런 생각을 하다 보니 팔에 소름이 돋았다. 무시할 수 없는 근거들이 머릿속에서 자꾸만 도드라졌다.

대체 어떻게 된 일일까? 머릿속이 엉킨 실타래로 가득한 기분이 들었지만 누구에게 말을 해야 할지 답답하기만 했다. 노인과 단 한 번 만난 것뿐인데 나의 의문점을 어떤 식으로 앞세워 문제를 제기해야 한단 말인가. 물론 일반적인 수순이라면 이런 경우 상담실로 연락을 할 것이다. 하지만 그럴 수 없었다. 아침에 소장에게 받은 전화 때문이다.

적어도 오늘 아침 내게 전화했을 타이밍엔 소장은 그 사건을 다 알고 있었을 것이다. 그럼에도 불구하고 내게 아무것도 묻지 않았다는 게 여러모로 석연찮다. 아니, 설사 굳이 아르바이트생한테까지 알릴 필요가 없다고 생각했다 쳐도, 사고가 난 그 시간은 내가 그 집에 있었으니 반드시 나에게 확인했어야 한다. 소장이든 노인의 가족이든 형사든 그 누가 됐든 말이다. 그런데 아무도 나에게 확인하지 않았다는 건 뭔가 이상하다.

그리고 또 하나, 주소 불명으로 인한 메일 반송도 예사롭지 않았다. 상식적으로 자주 보내는 메일 주소는 기존에 보내던 걸 클릭해서 보낸다. 그런데 주소 불명이라니! 이 일이 생기고 나니 새삼 이상했다. 하여 서둘러 메일함을 확인했다. 아쉽게도 반송된 기록이 있는 메일은 삭제되고 없었다. 완료된 모든 일의 흔적을 다 지워 버리는 내 습관 때문이다. 늘 하던 대로 아침에 상담 일지를 다시 보내고 그 김에 반송 기록을 지워 버렸다. 심지어 메일 휴지통도 깔끔하게 비워져 있었다.

아! 상담실 홈페이지의 상담 일정 기록표에 시간이 적혀 있으리라. 서둘러 홈페이지를 확인했다. 그런데 놀랍게도 시간은 두 시에서 세 시 사이로 기입되어 있었다. 물론 기입 착오는 흔한 일이기는 하다. 내담자나 상담사가 시간을 변경하는 예도 있으니까 말이다. 하지만 내가 놀랍다고 생각하는 건 분명 어제 기숙사에서 출발하기 직전에 확인했을 땐 분명 세 시에서 네 시까지로 적혀 있었다는 점이다. 침대에 누워 뭉그적거릴 때 확인했었다. 그것도 여러 번이나. 가기 싫어서 보고, 가야 해서 또 보고, 혹시 다음 주로 변경이 가능할까 싶어서 또 상담 일정 기록표를 들여다봤었다. 머릿속이 혼란스러웠다. 내 기억을 배반하는 사실이 벌써 여러 개다. 그러다 문득 든 생각 하나!

아침에 소장의 행동이 자연스럽지 않았듯이, 뉴스에 보도가 나왔음에도 불구하고 이 상황에 내가 가만히 있다는 것 역시 결코 자연스러운 행동이 아니란 판단이 섰다. 무슨 말이든 들어 봐야겠다는 생각으로 전화를 했다. 그게 일반적인 수순이므로.

"소장님, 혹시 뉴스 보셨나요?"

이렇게 운을 떼고는 최대한 어제 있었던 일을 사실 그대로 담담하게 말했다. 나의 판단은 전혀 얹지 않은 채로 말이다. '대체 고령의 노인이 베란다를 어떻게 뛰어넘겠냐'는 의구심이나 '어머! 어떡해요?' 식의 감정 이입도 곁들이지 않았다. 의혹을 풀 수 있으려면 사정거리 밖에 나가서 적절한 거리를 두고 상대를 관망하는 게 최선이다. 괜히 섣불리 다가가면 진실은 서둘러 도망칠 구멍을 찾을 것이다. 만약 숨겨야 할 진실이 있거나 그럴 이유가 있다면 말이다. 그리고 이내 나의 판단이 맞았다는 걸 확인할 수 있었다.

"자네가 착각을 했나 보네. 자넨 세 시 반 전에 나갔어. CCTV에도 찍혀 있는 걸 경찰이 확인했다더군. 상담 시작이 두 시였잖나?"

역시 여러모로 석연찮았다. 지나치게 정돈된 소장의 목소리는 미리 준비한 말을 쏟아붓는 느낌을 주었다. 그리고 내가 현장에 없었다는 걸 정확하게 짚기 위해 시간을 구체적으로, 심지어 시작 시간까지 말하며 경찰 확인이 완료된 사실이라고 말하는 게 자연스럽지 않았다. CCTV까지 거론하는 걸 보면 어쩌면 CCTV가 알리바이를 위한 조작된 증거란 걸 방증하는 걸 수도 있다. 그렇지 않은가? 내 기억을 제외한 모든 게 일제히 같은 시간을 말하고 있다. 마치 미리 약속이나 한 듯이 말이다. 역시 관망하면 알 수 있는 게 많다는 확신으로 난 일부러 또 다른 질문을 걸었다.

"아, 그래요? 전 네 시인 줄 알고. 소장님, 혹시 제가 보낸 상담 일지에 시간이 안 적혀 있던가요?"

"그건 바빠서 아직 읽지 못했네. 아, 그리고 그건 어제 주소 불명이라 아침에 다시 보냈잖나?"

"아, 맞다. 그랬죠?"

주소 불명이라 반송되었단 말은 내가 한 적이 없다. 그런데 소장은 그 사실을 알고 있다. 말하지도 않은 사실을 알고 있단 건 주소 불명을 만든 장본인이 소장이고 발송 시간의 기록을 남기지 않으려는 의도일 것이다. 그렇다면 왜? 노인의 죽음에는 무슨 사연이 있을 것이다. 노인을 살해하고 그 범인을 AI로 만들어야 하는 증거, 나는 어쩌면 진짜 범인이 따로 있을 거라는 합리적 의심에 다다랐다.

대충 큰 그림을 그릴 수 있었던 난 로이를 찾아갔다. 그리고 로이에게 이 모든 사실을 서사적으로 풀어 가면서 이야기했다.

"그래서?"

로이의 시큰둥한 반응에 난 놀랐다. 추리 소설 줄거리만 들려줘도 급호감을 갖던 아이가 이런 실제 상황의 미스터리한 사망 사고 이야기를 하고 있는데 저렇게 반응을 하다니? 설득력이 없는 지점이 있어서일까? 난 조급한 마음에 뒷이야기를 했다.

"그 집에서 내가 들은 '학생, 도와줘.' 그 소리가 뭘까 싶어. 분명 어르신이 거실 밖에 있었단 거잖아? 그렇다면 혹시 그분이 그 뒤에 밖에서 거실로 들어가려 하다가 로봇의 공격을 받았다는 걸까? 그게 걸리긴 하는데."

"그런데."

"야! 무슨 소리야?"

'그래서'와 '그런데'만 맥락 없이 말하는 로이가 낯설었다. 내 질문에도 여전히 간즈 큐브로 손장난만 치던 로이는 또다시 이해 불가한 질문을 했다.

"어쩌려고?"

"어쩔 건지는 나도 몰라. 하지만 네가 듣기에도 이해가 안 가지 않아?"

"어. 그래. 하지만 네가 할 수 있는 게 없잖아."

"그건 그렇지만."

"시간상 네가 있었단 증거도 하나 없고 AI를 위해 무죄를 입증할 필요도 없는 거 아냐?"

"왜? 그게 제다이 205가 저지른 일이 아니라면 진범이 따로 있다는 건데 그걸 밝혀야지? 안 그래? 그리고 어제 그 AI, 눈동자를 반짝이던 제다이 205를 위해서라도 진실은 밝혀야 한다고 봐. AI 감정 충전 알바로서 그 정도는 해야지. 안 그래?"

내 말에 로이는 살짝 코웃음을 쳐 보이더니 이내 표정을 굳힌 채 말했다.

"네가 무슨 수로? 감정 배터리 팩 역할이나 하는 알바 주제에? 고철덩이에게 진실이 뭐가 필요해?"

물론 쉽지 않을 거란 생각이 드는 건 사실이다. 증거도 없고 로이 말대로 제다이 205에게 너의 무죄를 입증해 주겠다고 할 수도 없는 일이니 말이다. 그래도 이건 아니다 싶어 난 씩씩거리고 있었다. 로이는 릴랙스하란 의미로 내 등을 치며 말했다.

"게다가 하우스키퍼 역할이 최우선 명령으로 입력된 AI 로봇이라면, 아마 네가 사건이 일어난 그 시각에 거실 유리를 파손하려고 했던 걸 감지했다는 흔적이 있을 거야. 그것만으로도 AI는 임무 실행의 명분이 분명한 거라 행동했을 뿐이고, 증거도 있으니 AI가 범인이란 건 반박 불가라고."

"임무 실행 명분이라니?"

"하우스키퍼 AI가 누군가 침입하려는 낌새를 감지했으니 당연히 뭔가를 행동해야 하잖아? 그게 실행 명분이 충분하단 소리지. 다만, 그래서 AI가 착각을 하고 노인을 죽였단 건데……."

로이는 뒷말을 흐렸다.

"그렇다면 그래서 할아버지가 내게 도와 달라고 했었는데. 혹시 내가 뭘 놓친 걸까? 흑흑."

전후 사정이 다 이해되지 않는 가운데에서도 할아버지 생각만 하면 눈물이 나왔다.

"난 그건 어르신이 한 말이 아닐 수도 있다고 보는데?"

"무슨 소리야? 목소리며 말투며 할아버지였어."

"AI 딥페이크 음성 합성 기술이었을지도 모르지."

"뭐? 왜?"

"나도 모르지. 가정해 보건대 그럴 수도 있단 이야기야. 음성 합성 기술로 너를 유인해서 거실 유리를 가격하게 하고 AI는 착각을 하고. 하지만 착각을 했다지만 착각을 빙자한 걸지도."

"그 모든 걸 누가 조작했다는 거야?"

"그러게. 그리고 또 하나 가정을 해 본다면, 네가 제다이 205를 사람으로 착각할 정도였다면 CCTV에 찍힌 노인을 죽인 로봇이 진짜 로봇이 아닐 수도 있고."

"설마 아들이? 왜?"

"그거야 뭐."

시종일관 시니컬한 반응으로 일관하는 로이에게 이상

한 느낌이 들었다.

"근데 넌 반응이 왜 그래?"

"뭐가?"

"넌 뭘 아는 거야?"

"내가 알긴 뭘 알아? 내가 아는 건 AI는 속이고 조작하기 쉬워 위험한 기술이라는 거. 그래서 안 좋은 일에도, 필요한 일에도 쓰일 수 있는 인간의 보완재라는 거. 누가 어떻게 쓰느냐에 따라서 얼마든지."

"뭐야? 알고 있는 거 있음 말해 봐."

"그냥 추측건대 의술의 발달로 노령화가 심각한 사회문제가 되었으니 과학의 도움을 받아서 사회 인구 균형을 이루려는 거 아닐까? 하는 뭐, 균형을 잡자는 선의로 시작한 거니까. 게다가 돈 많은 노인들 중엔 과학의 힘을 빌려서 자기 의식을 기계로 복제하고 영생과 불멸까지 누리겠다고 덤비기도 한다니. 이래저래."

"뭐? 그래도 그렇지. 설마."

"이건 어디까지나 나의 추측이야. 하지만 근거가 있는 추측인 건 맞잖아? 최근 들어 돌발 행동 에러가 유난히 많고 AI에 의한 노인 사고사도 급증하는 추세고."

듣고 보니 로이의 말에도 설득력이 있었다. 실제로 영

생과 불멸이 가능케 하는 기술에 자신의 전 재산을 투자하는 부자들이 무모할 정도로 많아져 여론이 부정적으로 들끓던 터였다. 노령화 사회가 야기한 이런저런 부정적인 여파를 감수하기도 힘든 터에 영생을 운운하는 게 무모하고 탐욕스럽다는 비난 여론이 많았다. 하지만 AI에 의한 노인 사고사에 어떤 큰 의도가 있을 거란 상상은 못 했다. 이런 식이라면 노인 다음엔 사회 약자들도 효용성을 근거로 해치기 시작할 것이다. 무서운 일이다.

"로이, 언론에 제보해 보면 어떨까?"

"미쳤냐? 추측만으로 떠들다 고소당하라고? 어디까지나 가정이고 추측이고 상상이야. 한 귀로 듣고 한 귀로 흘려."

"좋아, 그렇다 치고 만약 너의 가정대로라면 그럼 우린 뭐야?"

"우리? 우린 보완재를 돕는 보완 알바지. 일종의 도구랄까? 너나 나나."

온몸에 소름이 돋았다. 무섭고 끔찍해서 안 들은 이야기로 치고 싶을 정도였다. 하지만 이 일은 차차 더 생각해 봐야 할 일이지, 절대 한 귀로 듣고 흘릴 일이 아니다.

"로이. 잠깐만! 다시 생각해 보자, 그러니까……."

"놉! 사양하겠어."

"왜? 가정이라고 치고 이야기해 보자고."

"싫어. 그만할래."

"뭐 땜에?"

"난 가성비 높은 이 알바 자리를 절대 잃고 싶지 않아. 그러니 내 가정을 비약하지 마. 난 여기까지. 너도 안전하고 싶으면, 네가 가질 수 있는 걸 잃고 싶지 않다면, 네가 아는 모든 걸 다 잊어. 어제 일어난 일까지 깡그리 다 잊어버리라고."

그러곤 로이는 꽁지 빠진 새처럼 내뺐다. 순식간에.

방에 들어와 앉아 있자니 너무너무 무섭고 괴롭고 힘들었다. 깊은 밤이 되도록 머릿속은 구석구석 두려움으로 가득 차올라 잠이 들어올 자리조차 없었다. 차라리 로이 말대로 내가 아는 모든 걸 잊고 싶었지만 살아 있는 한 그걸 잊을 방법은 없었다. 아무리 과학이 발달했어도 머릿속을 부분적으로, 혹은 선택적으로 비울 수 있는 기술은 없다. 난 사람이니까.

로이 말이 자꾸 떠올랐다. 우리를 아르바이트로 소모한다는 말, 그리고 보완재의 보완 아르바이트라는 말, 우리가 일종의 도구라는 표현까지. 하지만 난 동의할 수 없다. 난 아르바이트를 하는 것뿐이지, 존재 자체가 아르바이트일 수 없으므로. 말 그대로 임시로 일을 하는 거지 임시로 살고자 하는 게 절대 아니니까 말이다. 임시로 하는 일이 나의 정체성의 근간을 흔든다면 관둬야 한다. 난 도구로서 삶을 살 수도 없고 부정한 도구로 쓰이는 일을 해서도 안 된다. 그러므로 로이 말대로 안전하기 위해 내가 아는 걸 모른 척할 수 없다.

　난 사람으로서 선의를 가지고 무엇이든 해야겠다고 다짐해 본다. 분명 어렵고 힘든 일이 될 것이다. 로이 말대로라면 이건 분명 몇 사람의 탈선으로 벌어지는 일이 아니다. 사회적 합의로 벌어지는 무서운 살인 행위를 멈춰야 한다. 더 이상 최악의 시나리오에 눈을 감으면 안 된다. 내가 본 것, 내가 아는 것을 잊지 않고 말하리라.

　그러니 일단 지금은 어떻게든 자 봐야겠다. 힘을 비축하기 위해. 우리가 살아갈 내일을 위해 난 뭐든 할 거다. 두렵더라도, 혹여 내 숨통을 조여 오더라도 몸을 틀어 역방향으로 한 발 내디딜 거다!

아니다 싶을 땐 과감하게 턴!

AI와 공존은 피할 수 없는 현실입니다. 하지만 아무리 똑똑한 AI라 해도, 결국 사용 결정권은 인간에게 있는 도구에 불과하므로, 인간이 선의를 버리고 도덕성을 지키지 않는다면 얼마든지 우리의 숨통을 조이는 독이 될 수도 있습니다. 조작하기 쉬운 AI를 활용해 노인 문제를 해결하려는 근미래 사회의 비인간적인 큰 그림에 역방향으로 대차게 거슬러 한 발 내딛겠다는 화니의 다짐을 주목하면 좋겠습니다.

박하령

애 탐정이 수사가 되고 싶어

이지현

허진희

「군주의 시대」로 한우리문학상을, 「독고솜에게 반하면」으로 문학동네 청소년문학상 대상을 받았다. 쓴 책으로는 『노파람이 아르바이트를 그만둔 날』이 있으며, 함께 쓴 책으로는 『세 개의 시간』 『푸른 머리카락』 『성장의 프리즘』 『B612의 샘』 『더 이상 도토리는 없다』 『하면 좀 어떤 사이』 등 다수가 있다.

　단언컨대, 내 아빠 기주승의 머릿속 생각 중 90퍼센트
는 돈이 차지하고 있다. 아빠는 얼핏 평범한 회사원처럼
보이지만 다달이 통장에 들어오는 돈을 위해 그런 척하
고 있을 뿐, 사실은 적다면 적고 많다면 많은 돈을 굴리
는 자칭 투자가다. 아빠는 요즘 같은 시대에 자신은 굉장
히 평범한 직장인이라고 말한다. '평생직장'이라는 건 다
옛말이며, 이젠 월급만으로 살 수도 없는 세상이니 살아
남기 위해서는 투자밖에 답이 없다고 주장한다. 나도 어
느 정도는 이해한다. 뉴스에서 혹은 밥상머리에서 물가
가 너무 올랐다고 호들갑 떠는 말에 일일이 공감하진 못
해도, 즐겨 먹는 떡볶이 가격이나 용돈이 생길 때마다 조

금씩 사 모으는 스티커 가격이 오른 걸 볼 때에는 나 역시 한숨이 절로 나오곤 하니까. 하지만 아무리 그래도 그렇지, 관심도 없는 회사의 주식을 딸의 열일곱 번째 생일 선물로 주는 건 좀 심하지 않나? 내가 몇 달 전부터 '써니 화이트'의 콘서트에 가고 싶다고 누누이 말해 왔는데도 말이다. 아빠는 미래 가치에 대한 값진 공부를 하게 해 주는 거라며, 주식이 오르면 써니 화이트의 콘서트뿐만 아니라 세계적인 슈퍼스타의 공연도 얼마든지 볼 수 있다고 장담했다. 세계적인 슈퍼스타 누구? 내가 묻자 아빠가 대뜸 대답했다.

"거, 많잖아. 마이클 잭슨이라든지."

1

마이클 잭슨이라. 그래, 뭐. 먼 미래엔 가능할지도 모른다. 돈이 아주 많은 사람들은 시간 여행을 떠나 마이클 잭슨이나 비틀스의 공연을 보고 올 수도 있겠지. 하지만 지금은 아니다. 제아무리 부자여도 시간을 살 수 있는 사람은 없다. 현재 나에게 돈보다 중요한 건 시간이다.

"7월 28일의 써니 화이트는 오직 7월 28일에만 존재해. 나한텐 그 순간을 경험하는 게 중요하다고."

아파트 엘리베이터에 오르며 내가 말했다. 아빠는 이 단순한 진리를 전혀 이해하지 못하겠다는 얼굴로, 아니 조금도 이해하려 들지 않는 얼굴로 1층 버튼을 누르며 말했다.

"엄청난 부를 거머쥔 사람들을 봐. 그들은 자기가 원하는 시간, 원하는 장소에, 원하는 사람을 불러 공연해 달라고 할 수 있어."

도대체 무슨 말을 하는 건지. 짜증이 나서 고개를 돌렸는데, 하필 시선이 닿은 거울 옆 모니터에서 역세권 오피스텔 투자 광고가 나왔다. 프리미엄이 어쩌고저쩌고, 품격이 어쩌고저쩌고하다가 마지막은 '부의 상아탑에 오르세요.'라는 문구로 끝났다. 그런데 상아탑이라는 단어를 저럴 때 쓰는 게 맞는 건가?

"저거 봐, 저기에도 나오네. 부의 상아탑에 오른 사람들은⋯⋯."

"아, 좀! 내가 원하는 건 그게 아니라고! 내가 원하는 시간은 7월 28일이고, 내가 원하는 장소는 올림픽 경기장이고, 내가 원하는 사람은 마이클 잭슨도 비틀스도 아닌 써니 화이트!"

더 쏟아붓고 싶었는데, 하필 그때 7층에서 문이 열리

고 누군가 엘리베이터에 타는 바람에 입을 다물어 버렸다. 아빠는 다른 사람이 있든 말든 개의치 않고 한숨을 푹 내쉬었다. 좁은 공간에서 참 매너도 없지. 아니나 다를까, 스마트폰을 들여다보던 이웃이 아빠를 힐끗 쳐다봤다. 질끈 묶은 까만 생머리, 무광의 까만 뿔테 안경을 쓴 낯선 얼굴. 문득 얼마 전 등교할 때 마주친 5톤 트럭과 사다리차가 떠올랐다. 새로 이사 온 사람인가 보네.

"기나리! 넌 미래를 위해 현재를 인내하는 법을 배워야 해. 써니 화이트가 그렇게 좋으면 콘서트 티켓을 사는 데 돈을 쓸 게 아니라, 써니 화이트 소속사의 주식을 사야 하는 거야. 아빠가 맨날 강조했지! 미래 가치를 볼 줄 아는 게 얼마나 중요한지."

무슨 명연설이라도 하는 양 잔뜩 무게를 잡고 말하는 모습도 민망해 죽겠는데, 아빠는 거기서 멈추지 않고 초면인 이웃에게 동조를 구하는 눈빛까지 보냈다. 하지만 이웃은 별다른 반응 없이 다시 스마트폰으로 시선을 옮겼다. 아빠의 표정이 바로 뚱해졌다. 그 순간 부끄러운 사람은 나뿐인 듯했다. 마침 엘리베이터가 1층에 도착해 얼마나 다행이었는지. 아빠는 앞서 나가는 이웃의 뒷모습을 못마땅하게 쳐다보며 이어 말했다.

"인내심을 배워야 해, 인내심을. 이 정도도 참지 못하면 아빠 정말 실망이야."

솔직히 말하면 나도 내 자신이 실망스러웠다. 나는 왜 내가 원하는 생일 선물을 받을 수 있을 거라고 철석같이 믿었던 걸까. 내년 써니 화이트 콘서트에 가려면 아르바이트라도 해야 하나.

"실망한 사람이 누군데."

나는 아빠를 외면한 채 꿍얼거렸다. 열일곱 살 생일은 오늘인데, 생일 선물은 저 멀리 미래에 있네. 이게 다 마이클 잭슨의 생사조차 모르는 아빠 때문이다.

2

어저께 회식에서 술을 진탕 마시고 들어온 아빠를 위해 아침부터 할머니가 해장국을 끓였다. 할머니의 해장국은 맛이 정말 끝내준다. 선지해장국, 순댓국, 북엇국, 콩나물국 등 종류도 다양한데 뭐 하나 콕 집어 고르기가 힘들 정도로 다 맛있다. 할머니는 아빠가 태어났을 때부터 내가 태어난 즈음까지 국밥 장사를 했던 분이라 해장국에 대해서는 가히 전문가 중의 전문가라고 할 수 있다.

"좀 싱거운데?"

밥상이 다 차려지고 나서야 부은 얼굴로 나타난 아빠가 자리에 앉자마자 국을 한술 뜨고는 투덜댔다.

"어머, 야, 싱겁니? 내가 소금을 빼먹었나."

당황한 할머니가 선 채로 국물을 맛봤다.

"엄마도 이제 늙어서 그렇지 뭐. 간이 예전 같지 않아. 새우젓이나 좀 주세요."

아빠의 말에 나는 벌떡 일어나 냉장고 쪽으로 향하는 할머니를 잡아 의자에 끌어 앉혔다. 그리고 아빠를 흘겨보며 냉동실에서 유리병에 담긴 새우젓을 꺼내 종지에 옮겨 담고는 탁 소리가 나게 식탁 위에 올려놓았다. 싱겁다면서 후루룩후루룩 국물을 마시는 데 정신이 팔려 누가 새우젓을 가져다주는지도 아빠는 알아채지 못했다.

"에그, 적당히 좀 마시지. 속이 얼마나 쓰려."

할머니는 아빠가 애처로워 죽겠다는 듯 반찬 그릇들을 아빠 쪽으로 밀어 주었다.

"미각이 이상해진 사람은 할머니가 아니라 아빠인 거 같은데? 왜, 술 많이 마시면 맛도 잘 못 느낀다며."

나는 숟가락 가득 새우젓을 퍼 담는 아빠를 보며 이죽거렸다.

"잔소리는. 내가 맨날 마시는 것도 아니고. 요즘 스트레스를 좀 받아서 그래, 스트레스."

아빠는 입안에 밥을 한가득 문 채 한숨을 내쉬더니 마침 생각났다는 듯이 스마트폰을 집어 들었다.

"아, 요놈 요놈, 또 글 올렸네. 아으, 스트레스⋯⋯."

아빠의 미간이 잔뜩 찌푸려졌다.

"뭔데?"

"사사건건 딴지 놓는 인간이 있어서."

아빠는 스마트폰을 툭 내려놓더니 양손으로 얼굴을 벅벅 문질렀다.

"무슨 딴지?"

슬쩍 곁눈질해 보니 스마트폰엔 아빠가 매일같이 체크하는 앱이 떡하니 띄워져 있었다. 「부동산은 미다스」. 아파트에 관심 있는 사람이라면 모를 리 없는 유명 앱이다.

"진짜 웃긴다니까. 이거 분명 우리 아파트 사는 사람 같은데. 아주 세세한 부분까지 다 알고 있거든. 근데 좋은 소린 하나도 안 해요. 지금이 얼마나 중요한 때인데 말이야."

"에그, 또 리모델링 때문에 그러냐."

"그렇죠, 뭐. 근데 이건 논리도 없어, 맥락도 없어. 부동산에 대해 아무것도 모르는 놈 같은데 끈질기긴 또 엄청 끈질겨서 게시판이고 댓글이고 도배를 해 놓고 내가 쓴 글마다 따라와서 약을 올리는데 아주 악질이야, 악질. 근데 욕설을 쓰거나 인신공격을 하거나 그런 건 또 아니라서 신고하기도 애매하고."

"남 잘되는 거 배 아파하는 사람, 숱해 빠졌다. 괜히 속 끓일 필요 없어."

"그러니 평생 성공 못 하지. 잘된 사람 보면 얼마나 대단하고 존경스러워. 어떻게 잘됐나 연구하고 배울 생각을 해야지, 맨날 그렇게 샘만 내니까……."

"배 아파서 그러는지 어떻게 알아, 아빠가?"

"딱 보면 알지. 리모델링 앞두고 이러는 거. 이거 분명 세입자다, 세입자."

"아빠는 맨날 세입자가 어쩌고저쩌고, 무주택자가 어쩌고저쩌고. 우리도 세 들어 살았던 적 있잖아. 기억 안 나는 건 아니지?"

"야, 나는 다르지. 내가 이런 사람들이랑 같아?"

아빠가 억울한 표정으로 할머니를 쳐다보자 할머니는 나를 보며 고개를 저었다. 적당히 하고 끝내라는 뜻이었다. 입술을 삐죽 내밀었다. 나는 아빠와 할머니 사이에서 언제나 할머니 편을 들어 주는데 할머니는 맨날…….

서운한 마음에 입을 꾹 다물어 버리니 아빠가 더 기세 등등하게 놀렸다.

"기나리, 너 요즘 까칠한 거, 써니인지 화이트인지 그 콘서트 못 가서 그러는 거지?"

"너도 그만하고 어서 먹고 출근해라. 아침부터, 원."

할머니는 이게 문제다. 속 시원하게 내 편을 들어 주지 않는 것. 나는 밥을 절반이나 남긴 채 일어나며 쌔무룩하게 소리쳤다.

"이따 내가 설거지할 거니까 놔둬. 할머니가 하지 마!"

아빠가 출근할 때까지만 방에 들어가 있어야지. 방에서 나오지 말아야지. 나는 잔뜩 뿔난 표정으로 일부러 쿵쿵, 방을 향해 걸어갔다.

"저, 저거. 아랫집에서 올라오면 어쩌려고! 기나리, 너 적당히 해! 아빠가 지켜볼 거야!"

할머니도 아빠도 나만 보면 적당히 하라고 성화다. 근데 어쩌지. 나는 적당히를 모르는 사람인데.

3

"아, 뭐야. 또 점검이야."

아파트 엘리베이터가 말썽이었다. 하루가 멀다고 고장

이 나니 13층까지 계단을 오르내리는 일이 부지기수였
다. 나야 괜찮지만 할머니는 무릎도 안 좋은데 수요 예배
드리러 외출하셨을 때 수리할 건 뭐람. 나는 할머니한테
교회에서 출발하기 전에 연락하라고 문자를 남기며 계단
으로 향했다. 후덥지근한 공기를 뚫고 계단을 오를 생각
을 하니 벌써부터 등줄기에 땀이 배어났다. 그때 뒤에서
인기척이 느껴졌다.

"어? 어, 안녕하세요."

지난번 엘리베이터에서 만났던 7층 이웃이었다.

"안녕하세요."

이웃의 단조로운 대답 뒤로 어색한 침묵이 흘렀다. 음,
서로 숨소리만 들으며 올라가게 생겼네. 나는 쭈뼛거리
며 쓸데없는 말을 뱉었다.

"여기 엘베가 자주 이래요."

분위기를 바꾸고자 던진 말인데, 막상 하고 나니 괜히
했나 싶었다. 상대는 예상외로 공손하고 진지한 태도로
대꾸했다.

"아, 그렇습니까."

예사롭지 않은 말투에 나는 흥미가 일어 또 쓸데없는
말을 덧붙였다.

"우리 아파트, 완전 구리죠."

"네. 그런 것 같습니다."

풋, 웃음이 나왔다. 몇 걸음 올라가다 말고 돌아보니 막 뒤를 따르던 이웃이 고개를 들어 나를 쳐다봤다. 어떻게 보느냐에 따라 20대로도 보이고 30대로도 보이는 얼굴. 다소 마른 체격. 헐렁한 옷차림. 요리조리 뜯어봤지만 저번과 다른 점은 눈에 띄지 않았다. 다만, 오늘따라 안경알 뒤 검은 눈동자가 유난히 크고 빛났다. 그 눈을 보니 어쩐지 이번엔 쓸데 있는 말을 해 주고 싶어졌다.

"여름은 여름대로 힘든데 겨울엔⋯⋯."

차분한 표정으로 다음 말을 기다리는 이웃의 표정에 힘입어, 나는 혀에 모터가 달린 듯 말을 쏟아 냈다.

"한파 오면 동파 조심하셔야 해요. 세탁기 돌리다 얼면 답 없거든요. 베란다에선 가급적 물 쓰지 마시고요. 누수 생기면 진짜 엄청 짜증 나니까. 벽지 다 젖고, 또 마르면 보기 싫게 얼룩 생기고. 아, 그리고 화장실 배수구에서 냄새도 올라올걸요? 이맘때 더 심한데 트랩 설치하면 좀 나아요. 수압이 약해서 변기도 자주 막히니까 뚫어뻥도 준비해 두고. 세면대, 샤워기, 싱크대, 세탁기 수전에 꼭 필터 설치하세요. 다들 쉬쉬하는데 여기 녹물이

장난 아니라서. 사실 이런 정보들, 「부동산은 미다스」라는 앱에서 다 찾을 수 있긴 해요. 조금만 안 좋은 얘기 올려도 득달같이 몰려들어서 거짓말하지 말라고 공격하니까 솔직하게 쓰는 사람이 적어서 그렇지."

"알겠습니다."

확실히 흥미로운 사람이었다. 잘 모르는 사람이 다짜고짜 떠들어 대는데도 말 한마디 한마디 죄 담아 듣는 모습이 인상적이지 않으려야 않을 수가 없었다. 아, 이러면 전부 말해 줄 수밖에 없잖아. 그래, 뭐. 미리 알고 있으면 좋지. 마음의 준비도 할 수 있고.

"아, 그리고 마지막으로 하나 더……."

나는 아주 중요한 얘기를 하려는 듯 검지를 들어 올리고 분위기를 잡았다. 잠깐 뜸을 들이자 이웃은 안경을 추어올리며 귀를 쫑긋했다. 나는 입술을 달싹거리며 조금 더 시간을 끌었다.

"혹시……, 벌레 무서워하세요?"

벌레를 무서워하는 걸로 치면 내가 세계 1등일 것이다. 그만큼 떠올리기도 싫고 입에 담고 싶지도 않은 존재를 굳이 얘기한 이유는, 우리 아파트의 단점을 나열하면서 이걸 빼놓는다는 게 말이 안 되는 일이기 때문이다.

그런데 그때.

"몹시 무서워합니다."

이웃이 진저리를 쳤다. 순식간에 하얗게 질린 이웃의 얼굴을 보며 나는 이웃과 동질감을 느끼기도 전에 웃음부터 참아 내야 했다.

"정기 소독 꼭 받으시고, 놓치더라도 추가 소독 있으니까 신청하시고요. 베란다 우수관 커버도 알아보시는 게 좋을 거예요. 거기서 많이 올라오니까."

"그것만으로 충분하지 않겠지요?"

가여운 사람. 이사 오기 전엔 몰랐겠지. 중개업자나 집주인이 이런 말을 해 줬을 리 없으니까. 「부동산은 미다스」 앱에 누가 벌레에 '벌' 자만 꺼내도 우리 아빠 같은 사람들이 달려들어 처음 듣는 소리라고, 여기 몇 년을 살면서 벌레 같은 거 한 번도 본 적이 없다고, 관리 사무소에서 얼마나 깨끗하게 소독해 주는지 모른다고 반박하느라 난리니 알 리가 없었겠지.

나는 낮게 한숨을 내쉬며 말했다.

"위급한 상황엔 연락하세요. 저 1301호에 살아요. 이름은 기나리."

"기나리 님은 잘 잡으십니까, 벌레?"

그럴 리가요. 벌레는 할머니가 잘 잡는다. 할머니는 손녀처럼 벌레를 무서워하는 이웃이 벌레 때문에 잠도 못 자고 괴로워하다가 급기야는 집을 뛰쳐나갈 지경에 이르렀다는 걸 알면 외면할 분이 아니다. 분명 혀를 쯧쯧 차며 요 쪼그만 벌레에도 벌벌 떨면 이 험한 세상은 어찌 헤쳐 나갈꼬 잔소리를 퍼부으면서 벌레를 향해 장풍을 날릴 것이다.

"뭐, 좀 도와드릴 수 있어요. 근데 몇 호 사세요?"

할머니 얘기는 차차 하기로 하고. 내가 궁금한 건 따로 있었다.

"701호에 삽니다."

그리고요? 나는 언니라고 부르기도 애매하고 아줌마라고 부르기도 애매한 이웃의 얼굴을 빤히 쳐다봤다. 내가 이름을 알려 주며 한발 다가갔으니 상대도 자신의 이름을 알려 주며 한발 다가오길 바라는 건 당연한 이치 아닐까.

"저는……."

이웃이 주머니를 뒤적이더니 명함을 꺼냈다.

"이런 사람입니다."

"호……도……. 탐정 호도?"

206

이웃이 건넨 명함엔 이메일 주소와 '탐정 호도'라는 글자만 적혀 있었다. 어째서인지 그 단순함이 무척 멋졌다. 구구절절 광고 문구라도 있었으면 김이 팍 샜을 것이다.

　　"와. 저 탐정 처음 봐요. 신기하다."

　　"신기합니까."

　　"네. 신기해요. 호 탐정님."

　　"저도 이사 와서 이렇게 많은 정보를 한꺼번에 알려 주신 분은 처음이라 신기합니다."

　　"앗. 제가 늘 지금처럼 오지랖 넓게 구는 건 절대로 아니고……."

　　말끝을 흐리자 그렇다면 오늘은 왜 그랬냐는 듯 안경을 매만지며 호 탐정이 나를 쳐다봤다. 이웃의 정체를 알고 나서인지 그 눈빛이 더욱 날카롭게 느껴졌다.

　　"그냥 제가 그래요. 좋아해도 적당히가 없고, 싫어해도 적당히가 없어요."

　　말해 놓고 나니 좀 이상하다. 이건 당신을 좋아해요, 아니면 당신을 싫어해요, 둘 중에 하나라는 말이 아닌가. 물론 내가 특이한 이웃에게 호기심을 느끼는 건 맞지만.

　　"그렇습니까."

　　다행히 호 탐정은 별다른 반응을 보이지 않았다. 그러

거나 말거나 하는 태도도 아니고, 지나치게 경계하거나 관심을 보이는 태도도 아니고, 적당히 예의 바르면서 진중한 태도. 나는 호 탐정의 태도가 마음에 들었다. 호 탐정만 괜찮다면 조금 더 얘기를 나눠 보고 싶었다. 탐정의 일과는 어떠한지, 주로 어떤 사건을 맡는지 등등에 대해서 말이다. 아쉽게도 호 탐정이 이제 그만 가자는 듯 손짓하는 바람에 더 물어보진 못했지만.

나는 하는 수 없이 몸을 돌려 계단을 꾹꾹 밟고 올랐다. 하지만 그 와중에도 내 머릿속은, 어떻게 하면 호 탐정과 다시 얽힐 수 있을지에 대한 생각으로 가득했다.

4

"그 칠 층에 이사 온 사람 있잖아. 그 사람 좀 이상하더라."

아침 식사 중에 아빠가 뜬금없이 호 탐정 얘기를 꺼냈다. 전날 밤에 할머니가 끓여 놓은 미역국을 데워 상을 차리려던 참이었다. 할머니는 새벽 기도 가는 날엔 꼭 전날 국을 만들어 놓는다. 국 없이는 밥을 안 먹는 아빠 때문이다.

"뭐가 이상한데?"

계단에서의 인상적인 만남 이후 일주일이 지나도록 호 탐정과 마주친 적이 없던 터라 귀가 솔깃했지만, 나는 최대한 심드렁한 척하며 물었다.

"아니, 엘베에 또 같이 탔는데, 요즘 나오는 오피스텔 광고 있잖아. 그게 모니터에서 나왔거든. 그 사람이 그걸 보더니 갑자기 어딘가에 전화를 하더라고. 분위기를 보아하니 광고에 나온 번호를 보고 오피스텔 분양 대행사에 전화한 거 같았는데. 근데 분양 문의를 하는 게 아니라 엉뚱한 소리를 하는 거야. 지금 귀사 광고를 보는데 좀 어색한 부분이 있다면서 광고 문구를 다시 한번 검토해 달라나 뭐라나. 나 원 참, 별사람이 다 있지."

아빠가 입술을 삐쭉하더니 국그릇을 들고 후루룩 마셨다. 어색한 문구라……. 순간 머릿속에 문장 하나가 스쳐 지나갔다.

"혹시 '부의 상아탑에 오르세요.', 그거야?"

"뭐냐. 어떻게 알았지."

"나도 어색하다고 생각했으니까."

"뭐가 어색한데?"

처음 광고 문구를 본 날, 나는 사전에서 '상아탑'의 뜻을 찾아봤다. 속세를 떠나 오로지 학문이나 예술에만 잠기는 경지. 상아탑의 사전적 의미는 '부'라는 단어와 전혀 어울리지 않았다. 하지만 아빠에게 이런 걸 설명해 봤자 무슨 소용이 있을까. 어차피 귀담아들을 생각도 없을 텐데. 대답을 듣기도 전에 아빠는 재빨리 자기가 하고 싶은 말을 이어 갔다.

"근데 말이야. 그때 마침, 「부동산은 미다스」에 올라온 글을 보고 있었거든. 그 사람이 통화하면서 칠 층에서 내리는 뒷모습을 보는데 딱! 그런 생각이 들더라고. 저 사람이다, 저 사람!"

내가 도통 무슨 소리인지 모르겠다는 표정으로 멀뚱히 쳐다보자 아빠는 답답하다는 듯이 숟가락으로 식탁을 탁탁 쳤다.

"아니, 줄기차게 글 올리는 놈 말이야! 우리 아파트 깎아내리려고 안달 난 놈! 닉네임이 미다스의 딸인지, 아들인지."

"말도 안 돼. 무슨 근거로?"

"딱 보면 모르냐. 원래 세상에 불평불만 많은 사람은 다 티가 나게 되어 있어. 부정적 기운이 넘쳐흐르거든. 광고 문구 하나 그냥 지나치질 못하잖아."

"그건 그냥 아빠 감이지. 애먼 사람 잡지 마."

"애먼 사람은 무슨. 내가 다 짚이는 데가 있으니까 그런 거지."

"또, 뭐?"

"그 사람이 이사 온 뒤부터 글이⋯⋯. 어, 엄마 왔네."

현관문 열리는 소리에 아빠가 하던 말을 멈추고 등을 뒤로 젖혔다. 나도 목을 길게 빼고 할머니를 향해 손을 흔들었다. 할머니는 피곤한 얼굴을 하고서 느릿느릿 신발을 벗으며 들어섰다.

"일찍 오셨네."

"말도 마라. 오늘도 최 집사 하소연이 길어질 거 같아서 먼저 자리 뜨려고 눈치 보느라 아주⋯⋯."

할머니는 힘없이 소파 위에 눕더니 슬쩍 아빠에게 다시 말했다.

"리모델링인지 뭔지 그거 꼭 해야겠냐."

"아, 왜 또. 최 집사님이 뭐라고 하셨는데 그래? 분담금 때문이지?"

분담금 문제라면 나도 잘 알고 있다. 리모델링 얘기가 나오면서부터 시끄러운 이슈였기 때문이다.

"삼십 년 넘은 아파트를 새 아파트처럼 만드는 일인데 공짜를 바랄 순 없지. 투자라고 생각해야지, 투자."

"노인네가 돈이 어디서 나. 빌린다고 한들 어떻게 갚고. 여기서 삼십 년을 산 양반이 그 나이에 어디 가서 살 것이며. 요즘 앉으나 서나 그 걱정인데 내가 눈치가 보여서 아주 가시방석이야."

"자식들이 알아서 하겠지. 어차피 재산도 다 자식들한테 갈 거잖아. 여기 리모델링만 되면 대박인데 설마 그걸 모를까."

"이놈아. 알고 모르고 문제가 아니라 최 집사 애들 형편이 그렇게 넉넉지 않아. 아이고, 내가 너랑 무슨 말을 하니. 내가 뭐라 한다고 생각을 바꿀 것도 아닌데."

"엄마는 맨날 아무 소리 안 하다가 한 번씩 이런다니까. 남의 집 걱정하느라 머리 싸매지 마시고 들어가서 좀 쉬세요."

할머니는 아빠 말을 못 들은 척하며 리모컨을 쥐었다. 맥락 없이 텔레비전을 켜는 건 아빠와의 대화가 길어질 때마다 할머니가 곧잘 하는 행동이었다. 할머니의 의도를 파악한 아빠는 관자놀이를 긁으며 다시 내 쪽으로 몸을 돌렸다.

"아무튼, 칠 층에 그 앙큼한 이웃이 이사 오고 나서부터 「부동산은 미다스」에 글이 올라오기 시작했으니까 충분히 의심할 만하지. 그 무렵 이사 온 사람도 없고. 내가 보기엔 딱 그 사람이야."

"억측 좀 하지 마. 여기 살다가 학을 떼고 이사 간 사람이 올린 걸 수도 있지."

"얘가 아빠 감을 안 믿네. 아빠가 맨날 얘기하잖아. 주식도 부동산도 구십구 퍼센트는 철저한 분석, 나머지 일 퍼센트는 뭐다? 바로 감이야, 감."

아빠가 확신에 찬 듯 눈을 부릅뜨며 말했다. 아무래도 호 탐정에 대한 아빠의 의심을 거두게 만들긴 어려울 것 같았다. 그때 할머니가 몸을 일으키더니 물었다.

"칠 층? 거기 안경 쓰고 참한 그이? 그이가 뭘 어쨌다고? 어제 보니까 친절하기만 하더구먼."

"어디서 봤는데?"

"거기 새로 생긴 아이스크림 가게 있잖냐. 교회 사람들 아이스크림 좀 사다 줄까 하고 들어갔는데, 어찌 그렇게 직원이 코빼기도 안 보여. 뭔 요상한 기계만 하나 갖다 놓고. 아이고, 나는 어떻게 하는지 하나도 모르겠더라. 근데 칠 층 그이가 들어와서 도와줬잖아. 노인네 무시하는 기색 하나 없이, 어찌나 정중하던지."

"현실에서 멀쩡한 사람들이 인터넷만 접속하면 이상

해지는 경우가 있어, 원래."

"그러냐."

단언하듯 말하는 아빠를 향해 할머니가 시큰둥한 시선을 날렸다. 나는 할머니가 더 시큰둥해지기 전에 서둘러 질문을 던졌다.

"할머니, 그 사람도 거기서 아이스크림 사 갔어?"

아이스크림을 좋아하는 탐정이라니, 귀엽잖아. 하지만 내겐 호 탐정의 귀여움보다 더 중요한 게 있다. 바로 우연을 가장해 호 탐정과 조우하는 것.

"거기 아이스크림밖에 살 게 더 있냐. 이미 어디서 장을 잔뜩 봤던데. 그 뭣이냐, 변기 뚫는 거. 그거랑 칙칙 뿌리는 거 있잖아, 벌레 잡는 거. 암튼 이것저것 한 보따리 든 데다 아이스크림까지 또 한 보따리 사서 짊어지고. 배슬배슬해 보여도 힘이 좋더라고."

호 탐정의 쇼핑 리스트를 들은 아빠가 역시 자신의 추리가 맞다는 듯 득의양양한 미소를 지었다. 뚫어뻥이나 스프레이나, 우리 집에도 죄다 있는 건데 뭔 증거가 된다고. 그런 것들을 산다고 해서 의심받는다면 나를 포함한, 이 아파트에 사는 사람들 모두 의심받아야 마땅하다. 결국 아빠가 증명해야 하는 건 아빠의 거짓뿐이다. 수압도

좋고, 벌레도 나오지 않는 아파트라고 올린 거짓 글들 말이다.

나는 호 탐정이 결백을 증명할 필요가 없다는 걸 알면서도 보란 듯이 결백을 증명했으면 좋겠다고 생각했다.

5

할머니가 호 탐정과 마주친 시간을 알아낸 나는 다음 날부터 아이스크림 가게 앞을 서성였다. 하지만 3일째 허사였다. 뒤늦게야 그날 호 탐정이 아이스크림을 잔뜩 사 갔다는 할머니의 말이 떠올랐지만, 그래도 매일 오후 다섯 시만 되면 가게 앞을 지키는 것 말고는 할 수 있는 일이 없었다. 호 탐정이 어서 쟁여 둔 아이스크림을 다 먹어 치우고 빈 냉동실을 채우기 위해 다시 아이스크림 가게를 찾길 바라는 수밖에. 그래야 우리 둘의 공통점을 강조하며 자연스럽게 호 탐정에게 접근할 수 있을 터였다.

"어, 기나리 님. 안녕하세요."

나흘째 되던 날. 마침내 호 탐정이 모습을 드러냈다. 아침부터 쏟아지던 비가 잠시 멈추고 눅눅한 바람만 부는 오후였다. 아이스크림 가게 안은 텅 비어 있었다.

"오, 호 탐정님! 오랜만이네요. 어디 다녀오시는 길인가 봐요."

내가 눈을 동그랗게 뜨고 놀란 척 인사하며 가게 안으로 들어서자 호 탐정이 고개를 끄덕이며 내 뒤를 따랐다. 좋아, 아주 자연스러워. 모든 일이 내 계획대로 되고 있다는 생각에 뿌듯해지려는 찰나, 호 탐정이 뜻밖의 대답을 했다.

"네. 아르바이트 끝내고 아이스크림 사러 왔습니다."

"아르바이트? 무슨 아르바이트요?"

나는 다시 눈을 동그랗게 뜨고 물었다. 이번엔 연기가 아니었다.

"아르바이트 대타 서비스를 하고 있습니다. 피치 못할 사정으로 하루 이틀 일터에 나갈 수 없는 사람들을 대신하는 일입니다."

"그런 아르바이트는 처음 들어 봐요. 본업도 신기한데 부업도 신기⋯⋯. 근데 왜 아르바이트를 하시는 거예요? 혹시 사건을 찾아다니시는 거예요?"

"아닙니다. 돈이 필요하기 때문입니다."

"돈이요?"

"탐정은 수입이 일정하지 않습니다."

"아, 그렇겠다."

막연히 재미있는 직업이라고만 생각했는데, 그러고 보니 탐정의 수입에 대해서는 생각해 본 적이 없었네. 탐정이 돈에 연연하다니 조금 실망스럽긴 했지만 탐정은 아르바이트마저도 평범한 일을 하지 않는구나, 생각하니 탐정은 역시 탐정이라는 생각이 들었다.

"아이스크림 좋아하시나 봐요."

나는 눈앞의 매력적인 직업인을 향해 돌진했다. 호 탐정의 바구니는 어느새 다양한 아이스크림으로 가득 차 있었다. 호 탐정이 수줍은 듯 눈을 내리깔며 말했다.

"네. 무척 좋아합니다."

나흘 전에도 이만큼 사 갔다면 하루에 다섯 개 이상은 먹는다는 말인데. 음, 나도 질 수 없지. 나는 냉동고 안의 아이스크림을 한 아름 집어 올렸다.

"히, 저랑 똑같네요. 저도 아이스크림 엄청 좋아해요."

착각일 수도 있지만 왠지 내 말이 호 탐정의 마음을 아이스크림처럼 녹여 버린 것 같았다. 한결 녹녹해진 호 탐정의 표정이 그 증거가 아닌가. 아차, '증거' 하니까 새삼 떠올랐다. 우연을 가장해 호 탐정과 만나려 했던 이유. 나는 셀프 계산대로 향하며 서두르지 말자고 다짐했다.

가게를 나선 뒤 함께 아이스크림을 까먹으며 걸을 때 말을 꺼내는 게 가장 완벽할 것 같았다. 그런데 호 탐정이 선수를 쳤다.

"참, 얼마 전에 엘리베이터에서 기나리 님의 아버님을 뵈었습니다."

"아, 저도 들었어요. 아빠가 얘기하더라고요."

나는 가만히 호 탐정의 눈치를 살폈다. 혹시 아빠와 마주친 일을 언급하는 이유가 따로 있는 게 아닐까 싶어서였다.

"그렇습니까. 혹시 제가 의심스럽다고 하시던가요."

"네?"

그건 내가 했어야 하는 말인데. 우리 아빠가 말도 안 되는 증거를 들어 당신을 의심하고 있어요. 그게 오늘 나의 목표였단 말이다.

"일전에 기나리 님이 말씀해 주신 「부동산은 미다스」라는 앱 있지 않습니까. 거기에 아버님과 저밖에 모르는 얘기가 올라온 걸 봤습니다. 직접적으로 저를 콕 집어 말씀하신 건 아니지만. 여하튼 미다스의 딸이라는 아이디를 가진 사람과 싸우다가 그런 말씀을 남기셨습니다. 부의 상아탑이라는 표현을 비꼬려고만 하지 말고 속세를 초월한 절대 부가 있다는 걸 인정하라고. 이사 온 지 얼마 되지도 않은 사람이 악의적으로 아파트의 품위를 손상하는 글을 지속해서 올리고, 엘리베이터라는 공용 공간에서 열등감과 피해의식을 분출하는 것도 보기에 좋지 않다고. 정황상 그 글을 쓰신 분이 얼마 전에 뵈었던 기나리 님의 아버님이고, 글에서 아버님이 지적하신 이사 온 지 얼마 되지도 않은 사람과 미다스의 딸이 동일인이라는 것, 즉 그 사람이 저라는 걸 추측할 수 있었습니다."

나는 급히 스마트폰을 켜고 앱을 열었다. 30분 전에 아빠가 올린 글이 있었다. 아마도 호 탐정은 아이스크림 가게 앞에 도착하기 직전에 그 글을 읽은 듯했다.

"호 탐정님은 정말 미다스의 딸이 아니신가요?"

"기나리 님도 저를 의심하십니까."

"아니요, 아니요. 그럴 리가요. 호 탐정님이 아니라고 하시면 아닌 거죠. 게다가 호 탐정님이 그랬다고 한들 못할 말을 하신 것도 아니고 문제 될 게 있나요, 뭐."

내가 손사래를 치자 호 탐정이 묘한 표정으로 나를 쳐다봤다. 탐정다운 눈빛이란 바로 저런 것일까. 나는 숨을 꿀꺽 삼킨 채 아무 말도 하지 못했다.

"저는 기나리 님이 저의 결백을 믿는다고 생각합니다.

저의 결백을 밝히기 위해선 기나리 님의 도움이 필요하고요."

아이스크림을 좋아한다는 공통점 때문인지, 아니면 일관적인 호감의 표현 때문인지 모르겠지만, 어쨌든 호 탐정이 내 마음을 왜곡해서 받아들이지 않는 건 확실해 보였다. 나는 그것만으로도 충분히 마음이 놓였는데, 호 탐정은 거기서 멈출 생각이 없어 보였다. 안경알 뒤 눈동자가 번쩍거리고 얇은 입술이 진중하게 움직였다. 뭔가 예상치 못한 말을 들을 것만 같은 예감이 들었다.

"그래서 실례를 무릅쓰고, 아르바이트를 제안하고자 합니다."

"네?"

아르바이트라니. 갑자기 고백을 들은 사람처럼 가슴이 두근거렸다. 호 탐정은 내가 못 알아들었다고 생각했는지 한 발 성큼 다가오며 좀 더 낮은 목소리로 말했다.

"저를 위해 아르바이트를 해 줄 수 있으신가요."

6

 호 탐정은 당분간 아르바이트 때문에 몹시 바쁠 예정
이라 자신의 탐정 업무를 도울 아르바이트생이 필요하
다고 했다. 사실 듣자마자 터무니없는 말이라고 생각했
다. 돈을 벌기 위해 자신은 아르바이트를 하면서, 동시
에 아르바이트생을 구하는 데 돈을 쓴다고? 남는 게 얼
마나 있을까 싶었다. 하지만 호 탐정은 탐정 일을 계속하
기 위해서는 어쩔 수 없는 선택이라고 했다. 그 말을 하
는 호 탐정의 얼굴이 어찌나 간절해 보이던지. 좋아하는
일을 오래도록 하고 싶어 하는 마음은 왠지 꽤 근사한 것
같다는 생각을 했다. 미래 가치가 어쩌고저쩌고하는 말
들도 이런 마음 앞에서는 기를 못 펴고 쪼그라들 것 같았
다. 그래서 수락하고 말았다. 호 탐정의 조수가 해야 할
일은 생각보다 시시했다. 호 탐정이 조사해 놓으라고 이
른 건 딱 두 가지였다. 미다스의 딸이 처음 글을 올린 날
짜 확인하기. 그리고 미다스의 딸이 「부동산은 미다스」
에 글을 남기는 주요 시간대 파악하기. 이게 전부란 말이
지. 어쩐지 아르바이트비를 받으면 안 될 것 같았다. 할
일이 없어도 너무 없잖아. 하지만 호 탐정은 여유롭게 미
소 지으며 말했다.

"그게 전부입니다. 그거면 충분해요."

7

그러니까 이 이상한 아르바이트는 과정보다 끝이 궁금해지게 만드는 그런 일이었다.

이번 여름 방학은 탐정의 조수 업무를 하며 짜릿한 시간을 보낼 줄 알았는데, 시간을 들여 조사할 만한 것도 없으니 하루하루가 무척 지루하게 느껴졌다. 바닥에 눌어붙은 엿가락처럼 소파와 바닥 사이에 몸을 걸친 채 하품만 해 대는 모습을 보며 할머니가 혀를 찼다.

"또 그러고 있냐."

교회 시니어 모임에 참석했다가 돌아온 할머니는 저녁 식사 준비를 위해 팔을 걷어붙였다.

"자고로 사람은 몸이 게으르면 정신도 망가지는 법이다! 궁둥짝이 바닥에 닿을 새 없이 움직일 나이에 우리 손녀는 왜 이렇게 늘어져 있냐, 응? 낮엔 요러고 소파에서 뒹굴뒹굴하다 밤만 되면 제 방으로 쏙 들어가서 방문 걸어 잠그고."

"아, 왜. 방학이잖아. 방학한 지 얼마나 됐다고."

나는 툴툴거리며 몸을 일으켰다. 식사 준비를 거들기

위해서였다.

"뭘 도와. 도울 것도 없어."

"빈둥거리지 말라며."

"누가 밥 차리는 거 도와 달라고 했냐. 나가서 운동을 하든지 춤을 추든지 하라는 거지."

치, 내가 볼을 샐룩거리며 기지개를 켜자 할머니의 얼굴에 가벼운 미소와 한숨이 동시에 스쳐 갔다.

"할미 눈엔 네가 암만 핀둥핀둥해도 이뻐 보이기만 하지만 세상살이는 그렇게 녹록지 않은 거야. 정신 바짝 차리고 똑 부러지게, 밤낮으로 바지런을 떨어도 그냥저냥 남들처럼만 살기가 얼마나 어려운지 알아야지. 허투루 시간 보내지 말고 학원도 좀 다니고."

"학원은 무슨. 나 요즘 아르바이트해."

"뭔 아르바이트?"

"있어, 그런 게."

할머니는 잠시 아무 말 없이 나를 물끄러미 바라보다가 한숨을 푹 내뱉었다.

"아빠가 돈, 돈 하니 자식도 닮는 건지. 에그, 말해 뭣해. 나도 젊을 때 장사한다고 지긋지긋하게 돈, 돈 했으니 네 아빠가 저런 거겠지."

"그런 거 아니야! 돈 벌려고 하는 거 아니라고."

"세상에, 돈도 안 주고 부려 먹는다니?"

"아니, 그런 건 아니고."

"돈 안 준다 하는 놈들하고는 상종을 하면 안 돼. 최집사네 아들 봐라. 일 년을 일하고 떼인 돈이 얼만데 돈 안 준 놈이 외려 배 째라 하고 더 성질을 낸다잖아. 망할 것들."

"또? 그 아저씨는 하는 일마다 안되네."

"없는 사람이 잘되기가 쉽냐. 그러니까 너도 아빠한테 너무 그러지 마라."

"내가 뭘."

"쏘아붙이고 대들고 맨날 그러지 좀 말라고. 아빠도 무시 안 당하고 살려고 아등바등하다 보니까 저렇게 된 거지, 태어날 적부터 그랬겠냐. 젊은 나이에 사업해 보려다가 다 날렸는데 네 엄마까지 이혼 서류를 들이밀어, 근데 엄마라는 사람이 지금껏 딸이 살았는지 죽었는지 신경도 안 써."

엄마 얘기는 갑자기 왜 꺼낸담. 나는 할머니가 엄마 얘기를 하면 너무 싫다. 할머니를 사랑하지만, 이럴 때는 엄마를 싫어하는 만큼 엄마 얘기를 하는 할머니가 싫어

224

진다. 어째서인지는 나도 잘 모르겠다. 할머니도 아빠도, 분명 엄마를 원망할 자격이 있다는 걸 머릿속으로는 이해하면서도 마음으로는 받아들이기가 어렵다. 엄마를 흉보고 미워할 자격은 온전히 나한테만 있었으면 좋겠다.

"딸내미 하나 보란 듯이 키우겠다고 아빠가 얼마나 고생했냐. 주식이니 부동산이니, 돈 공부한다고 회사 퇴근하고 맨날 강의 들으러 다니고 아침잠 줄여 책 읽고. 그러면서 혼자 애 키우는 게 보통 일이야, 어디."

"혼자 키우긴. 할머니가 다 키워 줬지."

나 때문에 국밥집도 정리하고 들어앉았으면서. 할머니는 여기저기 쑤시고 힘들어서 어차피 쉬고 싶은 참이었다고 하지만, 나를 키우는 일이 휴식이 됐을 리가 없다. 어릴 적부터 몸도 약하고 경기를 일으키는 일이 잦아 한시도 마음 편한 날이 없었을 텐데. 게다가 아빠는 자신이 할머니를 모시고 산다고 생각하는 듯하지만, 우리가 함께 사는 이 집만 봐도 할머니 자금이 7할이고 나머지 3할만 아빠가 대출로 마련한 것이니, 정확히는 아빠와 내가 할머니에게 얹혀산다고 봐야 옳다.

"그래도 너 아플 때마다 제일 노심초사한 사람이 네 아빠야. 어휴, 내가 그때만 생각하면……."

할머니가 등을 돌려 싱크대에서 냄비를 꺼냈다. 나도 더 이상 아빠 때문에 할머니와 옥신각신하고 싶지 않았기에 냉장고 문을 열며 능청스럽게 화제를 돌렸다.

"무슨 국 끓일 거야?"

"콩나물국. 내일 아침 먹을 것까지."

할머니가 콩나물 봉지를 낚아채며 말을 이었다.

"나가 놀기 싫으면 들어가서 책을 읽든 음악을 듣든 해. 부엌일 신경 쓰지 말고."

손녀 손에 물 묻는 게 제일 싫다는 듯이, 할머니는 재빨리 콩나물을 채반에 담고 쏴쏴 흘러나오는 물에 손을 담갔다. 지금 할머니의 단호한 몸짓은 내가 아무리 더 고집부려 봤자 오늘은 주방에 얼씬도 못하게 할 거라는 선포와도 같았다. 하는 수 없이 타달타달 방으로 향하던 나는 방문을 열려다 말고 식탁에 올릴 국을 끓이느라 부산스러운 할머니의 뒷모습을 바라봤다. 안고 있으면 포근해지는, 내가 참 좋아하는 할머니의 통통한 등. 하지만 언제부터인가 천진한 마음으로만 대할 수 없는, 세월과 노동에 굽고 굽은 등. 그 등을 보는데 이상하게도 어딘가에 있을 엄마 생각이 났다.

내가 전혀 모르는 삶을 살고 있을 엄마를 생각하며 나

는 혼잣속으로 읊조렸다. 엄마는 곧고 유연한 등을 가지고 살고 있었으면 좋겠다. 아빠와 나를 떠났으니 매일같이 국을 끓이는 삶은 거들떠보지도 않았으면 좋겠다. 돈 따위의 무게가 엄마의 등을 짓누르지 않았으면 좋겠다. 그것이 내가 미워해 마지않는 엄마를 위해 해 줄 수 있는 최선의 기도였다.

8

"이놈의 아파트, 빨리 리모델링이 돼야 이 고생을 안 하지."

아빠가 계단을 오르며 헉헉거렸다. 나도 힘들긴 마찬가지였다. 주말이라 아빠와 둘이 마트에 가서 잔뜩 장을 봐 왔는데, 하필 이 타이밍에 엘리베이터 고장이라니.

"아이고, 좀 쉬었다 가자."

이제 겨우 5층인데. 아빠는 땀을 뻘뻘 흘리며 양팔로 안고 있던 박스를 털썩 내려놓았다. 나는 장바구니를 난간에 얹고는 아빠의 두툼한 뱃살을 가리켰다.

"그러게, 평소에 운동 좀 하지."

"새 아파트만 되면 바로 운동 시작하지. 단지 안에 헬스장 있으면 매일 간다, 내가."

"치, 어느 세월에. 리모델링만 믿다가 뚱보 할아버지 되겠네."

　"어허, 부정적인 마인드를 거두거라, 기나리."

　손수건으로 땀을 닦던 아빠가 뭔가 떠올랐다는 듯 말을 이었다.

　"부정적인 마인드 하니까 생각났는데. 왜 그 부정적인 글만 올려 대는 사람 있잖아."

　"어. 그 사람이 왜?"

　"누군지 알아냈지."

　알아냈다고? 어떻게? 아빠의 입꼬리가 슬그머니 올라가는 모습을, 나는 멀거니 쳐다보며 아무 말도 못 했다.

　"뭘 그렇게 놀라."

　"어? 아니, 전엔 칠 층에 사는 사람 같다고 하더니."

　"아, 진짜 그런 줄 알았는데. 근데 범인은 정말 의외로 가까운 데 있더라고."

　"가까운 데?"

　아빠가 의미심장한 눈빛을 하며 뜸을 들였다. 아무래도 이 상황을 즐기고 있는 듯했다. 나는 침을 꿀꺽 삼키고 일부러 더 짜증을 부렸다.

　"아, 뭐야. 누군데."

"그게……."

아빠가 씩 웃으며 말을 이었다.

"최 집사님네 장남."

"뭐?"

내가 헛웃음을 흘리자 아빠가 다급히 덧붙였다.

"진짜라니까. 네 할머니가 직접 들은 얘기라고. 최 집사님이 그러셨다던데. 요즘 분담금 문제 때문에 그 집 아들이 엄청 속 태우고 있댔잖아. 근데 어느 날 술에 취한 채 찾아와서 주저리주저리 한탄하더니 스마트폰으로 뭔가 막 하다가 그대로 드러누워 쿨쿨 자더래. 그래서 최 집사님이 이불을 덮어 주다가 슬쩍 아들 폰을 보셨는데. 글쎄, 글을 뭐라고 잔뜩 써 났다는 거야. 그러니 이제 놀라서 뭔가 하고 자세히 들여다보신 거지. 미다스인지 뭔지 그런 데다 험한 말, 나쁜 말을 올리고 그러는 거 같다, 네 할머니한테 그렇게 말씀하셨대. 요즘 그런 글 올리다가 벌 받는 사람도 있지 않냐고 하시면서. 걱정이 이만저만이 아니신가 봐."

"흠."

그럼 그렇지. 아빠는 확증 없이 사람의 유무죄를 판단하는 경향이 있다. 나는 반신반의하는 표정을 지어 보이며 아빠에게 물었다.

"근데 닉네임은 미다스의 딸이잖아. 아들이 아니고."

"그게 뭐. 인터넷에서 성별쯤이야 바꿀 수 있지."

"그래서 이제 어떻게 할 건데?"

"뭘 어떻게 해."

"연락해서 한마디 한다든지. 그냥 아무 조치도 안 하려고?"

"불쌍한 사람이니 안됐다 하고 봐주는 거지, 무슨."

아빠가 아량을 베풀 듯 말했다. 마치 미다스의 딸의 정체가 다른 누구도 아닌 최 집사님의 아들로 밝혀져서 매우 만족스러워하는 것처럼 보였다. 생각해 보니 그럴 만도 했다. 남이 잘되면 배 아파하는 사람, 열패감에 휩싸여 타인의 앞길을 막는 데에만 분투하는 사람, 배우려 들지 않고 헐뜯기부터 하는 사람. 아빠에게 최 집사님의 아들은 이 모든 타이틀을 갖다 붙이기 쉬운 상대였다.

한숨이 나오려는데 아빠가 계단 위쪽을 쳐다보며 어색한 표정을 지었다.

"어? 아, 안녕하세요."

아빠가 인사를 건넨 상대는 호 탐정이었다. 예전이라면 알은척도 하지 않았을 텐데, 먼저 인사까지 하는 걸 보니 그동안 괜히 의심한 게 찔리긴 찔렸나 보지. 나는 호 탐정에게 눈인사를 보내고 난간에 걸쳐 놓았던 장바구니를 챙겨 들었다. 아빠 앞에서 호 탐정과 친한 티를 내서 좋을 게 없으니 얼른 올라가자는 생각이었다.

호 탐정은 바로 지나갈 생각이 없다는 듯 무뚝 걸음을 멈추고 아빠를 향해 깍듯한 인사로 답했다.

"안녕하십니까."

"네, 네. 날도 더운데 엘베도 고장 나서. 고생이 많으십니다."

아빠가 목덜미의 땀을 닦아 내며 건성으로 말하자 호 탐정은 점잖게 대꾸했다.

"아닙니다. 리모델링되기 전까진 감수해야 하는 일이겠지요."

"네?"

"주민 투표 결과가 어떻게 될진 모르지만요. 일단 저는 이곳에 살아 보고 나서 마음을 굳혔습니다. 특히 벌레는……."

호 탐정이 말을 하려다 말고 입술을 파르르 떨었다. 벌써 놈들과 만났나 보군. 위로의 말을 전하고 싶었지만 아빠 눈치가 보였기에 꾹 참는 수밖에 없었다.

"물론 주민 투표 결과가 제 뜻과 다르게 나온다면 어쩔 수 없고요."

"혹시 그럼……."

아빠가 어렵쇼 하는 얼굴로 호 탐정을 쳐다봤다. 당신, 세입자가 아니었어? 호 탐정은 잠자코 이어질 말을 기다렸다. 아빠가 무슨 말을 더 할지 아는 것 같기도 하고, 모르는 것 같기도 했다.

"아니, 그게……. 아, 그러셨구나. 그러셨어. 아이고, 아닙니다. 허허."

내가 몰라봤네. 진작 말씀하시지 그랬어. 이토록 조리 없는 감탄에서 어쩌면 이렇게나 분명한 속뜻이 느껴지는지. 나는 호 탐정 역시 아빠의 말을 알아채지 못할 리 없다고 생각했다. 아빠가 얼마나 속물근성을 가졌는지 단박에 눈치챘으리라. 하지만 호 탐정의 표정이나 몸짓만 보고는 무슨 생각을 하는지 가늠해 내기 어려웠다. 그나마 짐작할 수 있는 건 딱 하나였다. 호 탐정이 아빠의 입에서 나올 말들에 대해 더는 인내심을 발휘할 생각이 없어 보인다는 점 말이다.

아빠가 끙 소리를 내며 바닥에 놓았던 박스를 집어 들자 호 탐정은 꾸벅 인사를 하고 내리 걸었다. 계단 아래로 사라져 가는 호 탐정의 뒷모습을, 아빠는 처음 본 날과는 사뭇 다른 눈빛으로 바라봤다. 훨씬 부드러워진 눈빛이었다.

9

그날 밤. 나는 나만의 시간을 즐기기 위해 방문을 걸어 잠갔다. 할머니는 거실 소파에 누워 연예인들의 으리으리한 집을 소개해 주는 「셀러브리티 맨션」이라는 주말 예능을 보고 있었고, 아빠는 식탁에서 『절대 부로 향하는 길』이라는 자기 계발 서적을 읽고 있었다. 손녀와 함께 텔레비전을 보면서 하하 호호, 웃는 시간을 보내길 바라는 할머니와 부녀지간에 머리를 맞대고 앉아 희망찬 미래를 꿈꾸며 독서하는 시간을 갖길 바라는 아빠에게서 벗어나 작지만 호젓한 내 방으로 도망치는 건 쉬운 일이 아니다. 꿀단지라도 숨겨 놨냐는 둥 사춘기는 언제 끝나냐는 둥 별소리를 다 감수해야 한다.

그날도 마찬가지였다. 어김없이 한 소리를 듣고 나서야 겨우 내 방으로 피신할 수 있었다. 나는 스탠드 조명을 은은하게 켜고 노트북으로 잔잔한 음악을 틀었다. 그렇게 내가 딱 원하는 조도와 소리로 공간을 채우고 침대에 모로 누워 스마트폰을 집어 든 순간, 현관 벨이 울렸다.

"아, 뭐야. 이 밤에."

열 시가 다 되어 가는 시간에 누가 남의 집 벨을 눌러 댄다는 말인가. 어차피 아빠가 확인할 테니 당장 몸을 일으킬 필요는 없지만 바깥 소리에 귀를 기울이지 않을 수 없었다.

"누구세요?"

아빠가 일부러 목청을 높여 물었다. 내 방에서는 상대의 대답이 잘 들리지 않았다. 그리고 잠시 후 아빠가 의아한 말투로 반문하는 소리가 들렸다.

"701호라고요?"

호 탐정? 나는 벌떡 일어났다. 호 탐정이 이 시간에 우리 집에 왜? 황급히 거실로 나갔다. 아빠는 이미 현관문을 열고 호 탐정과 마주하고 있었다.

"잉? 그때 그이네. 근데 어쩐 일로."

할머니가 아빠 뒤에서 내다보며 말했다. 호 탐정은 사색이 된 얼굴로 아빠와 할머니를 번갈아 쳐다보다가, 이윽고 뛰쳐나온 나를 주시하며 입술을 열었다.

"도와줄 수 있으십니까."

"네? 뭘."

반사적으로 되묻고 나서야 내 머릿속에 뭔가가 번쩍 떠올랐다.

"설마 벌레가 나왔나요?"

"네. 정말 큽니다. 아주 큰 벌레가 나타났습니다."

호 탐정이 심각한 표정으로 고개를 끄덕이자 아빠는 황당함을 감추지 못했다.

"아니, 그게 무슨. 그래서 어쩌라는⋯⋯."

오히려 상황을 빠르게 파악하고 넓은 아량으로 받아들인 사람은 할머니였다.

"이이가 키스크인지 오스크인지는 잘하더니만 못하는 것도 있었네. 갑시다, 얼른."

셀프 계산을 도와준 호 탐정에게 은혜를 갚을 기회라고 생각한 걸까. 할머니는 굳은살투성이 손바닥을 호기롭게 들어 올리며 신발을 신고 앞장섰다. 나는 냉큼 그 뒤를 따랐다.

"아니, 엄마. 갑자기 어딜 가."

아빠도 어영부영 우리 뒤를 쫓았다. 그렇게 네 사람이 한밤중에 엘리베이터를 타고 7층에 내렸다. 나는 호 탐정이 현관문을 열기 직전까지도 힐끔힐끔 호 탐정을 쳐다보느라 바빴다. 위급한 상황에 연락하라고 말하긴 했지만 진짜로 찾아올 줄은 몰랐는데. 다소 당황스럽긴 해도 이참에 호 탐정이 집을 어떻게 꾸미고 사는지 볼 수 있다고 생각하니 약간 설렜다.

"우아, 집이 엄청⋯⋯."

맨 나중에 현관으로 들어선 아빠가 목을 쭉 빼고 두리번거렸다. 집이 엄청 썰렁하네. 아마 이 말을 하고 싶었을 테지. 들어서자마자 보이는 거실엔 작은 책상 하나만 덜렁 놓여 있었다. 열려 있는 방문 사이로 큰방과 작은방 내부도 보였는데, 그마저도 거실과 크게 다를 바 없이 휑했다. 큰방에 얇은 매트리스 하나, 작은방에 작은 행어 하나 둔 게 다였으니.

"하긴 앞으로 리모델링할 거 생각하면 혼자 사는 집에 이것저것 둘 필요 없죠. 요즘 인테리어다 뭐다 해서 돈 펑펑 쓰는데, 그거 다 헛짓⋯⋯."

"야, 됐고. 벌레는 어디 있소, 응?"

할머니가 아빠 말을 자르며 손바닥을 문질렀다. 호 탐정은 고개를 갸웃했다.

"분명 여기 있었는데⋯⋯."

"숨었나 보네."

아빠는 호 탐정이 가리킨 냉장고 옆으로 다가가 냉장

고 뒤쪽과 아래쪽을 살펴봤다. 나는 당장이라도 벌레가 튀어나올까 봐 바싹 긴장한 상태였다. 호 탐정은 이상하게도 아까보다 훨씬 차분해 보였다.

"잘 찾아봐라, 응?"

"아, 이거 꼭꼭 숨었나 본데. 저기, 싱크대 좀 살펴봐도 괜찮을까요?"

호 탐정이 고개를 끄덕이자 아빠는 싱크대 문을 차례로 열어 보며 구석구석 훑었다. 하지만 싱크대 안엔 아무것도 없었다. 말 그대로, 벌레는커녕 그릇 하나 보이지 않았다. 이후에도 호 탐정의 허락하에 다용도실이며 욕실이며 샅샅이 살폈지만 결국 벌레 한 마리 찾아내지 못했다.

"죄송합니다. 여기까지 오셨는데……."

고마운 마음에 뭐라도 대접해야겠다 싶었는지, 호 탐정은 냉동실 문을 열고 아이스크림 세 개를 꺼냈다. 호 탐정의 냉동실엔 아이스크림이 수북이 쌓여 있었다.

"어떡해요, 못 잡아서. 잠도 안 올 거 같은데."

나는 아이스크림을 건네받자마자 봉지를 뜯어내고는 한입 크게 베어 물며 말했다. 열대야가 기승을 부리는데 호 탐정은 거실에 선풍기 하나 두질 않았다. 할머니와 아빠도 꽤 더웠는지 허겁지겁 아이스크림을 욱여넣었다.

"괜찮습니다. 다른 걸 잡으면 됩니다."

"다른 거요?"

호 탐정은 나에게 고개를 끄덕여 보이고는 아빠를 향해 말했다.

"지금 이 자리에서 밝혀내려고 합니다. 미다스의 딸의 정체를."

"캑, 캑. 네?"

아빠는 아이스크림을 먹다 말고 얼빠진 표정을 지었다. 할머니도 무슨 뚱딴지같은 소리냐는 얼굴로 나를 쳐다봤다.

"이이가 뭐라는 거냐."

나는 입안의 아이스크림을 천천히 녹이며 호 탐정을 맞봤다. 호 탐정은 포커페이스를 유지한 채 안경을 추켜올렸다.

"기런 버핏 님. 처음 저를 미다스의 딸로 의심하신 이유가 바로 오피스텔 광고 문구에 나오는 '상아탑'이라는 단어 때문이 아닙니까."

기런 버핏은 투자의 대가 워런 버핏의 이름에 기씨를 구겨 넣어 만든, 「부동산은 미다스」에서 아빠가 사용하는 닉네임이다. 아빠는 깜짝 놀라며 버벅거렸다.

"아, 뭐, 그게, 의심을 했다기보다는."

"미다스의 딸은 기런 버핏 님을 '부의 상아탑 같은 타령이나 하는 족속'이라며 조롱했습니다. 기런 버핏 님은 상아탑이라는 단어를 본 순간 저를 떠올리셨겠죠. 일전에 제가 엘리베이터에서 상아탑이라는 단어에 대해 이의를 제기하고자 분양 대행사에 전화하는 모습을 보셨으니까요. 정황상 의심이 들 수도 있다고 생각합니다. 탐정들도 직관에 기댈 때가 많으니까요."

"탐정? 저 양반 탐정이냐?"

내 옆에 붙어 선 할머니가 속삭였다. 나는 가만히 고개를 끄덕이며 호 탐정의 말에 귀를 기울였다.

"근데 분양 대행사와 통화하던 날, 저는 뜻밖의 사실을 알게 됐습니다. 그런 전화를 한 사람이 저 말고 또 있었더군요. 담당자분이 '아니, 그 표현이 그렇게까지 이상합니까?' 하고 한숨을 쉬시더라고요. 얼마 전에도 광고 문구에 대해 항의하며 자기 아파트에 나오는 광고를 내려 달라고 한 사람이 있었다고 하시면서."

"뭐야, 또 최 집사님네인가?"

아빠가 할머니를 쳐다봤지만 할머니는 모르겠다는 의

미로 눈만 껌뻑껌뻑할 뿐이었다.

호 탐정은 누가 전화를 걸었는지 다 알고 있다는 듯이 나를 쳐다봤다.

"저는 담당자에게 그 사람이 혹시 자기가 사는 아파트 이름을 밝혔는지 물어봤습니다. 아까도 말씀드렸지만, 탐정에겐 추리력만큼이나 직관력도 중요하니까요. 아니나 다를까, 그 사람은 우리 아파트에 사는 사람이었습니다. 저는 저와 비슷한 의문을 제기하는 사람이 같은 단지에 살고 있다는 사실에 기뻤습니다. 하지만 기쁨도 잠시, 「부동산은 미다스」에서 상아탑이라는 단어를 두고 싸우는 정황을 살피고는 제가 엉뚱한 오해를 받고 있다는 사실을 깨달았습니다."

"그건 내가 정식으로 사과할게요. 거, 의심해서 미안합니다."

"아까도 말씀드렸지만 정황상 충분히 의심할 수 있었다고 생각합니다. 다만 저는 저대로, 제가 미다스의 딸이 아니라는 걸 밝히기 위해 추리하다 보니 그 과정에서 불가피하게 진짜 미다스의 딸의 정체를 밝혀낼 수밖에 없었기에……."

호 탐정은 마치 처음부터 자신은 미다스의 딸이 누구

인지 궁금하지도 않았고, 이렇게 밝히고 싶지도 않았는데, 어쩌다 보니 상황이 흘러왔다는 듯 말끝을 흐렸다. 나는 그 말을 믿지 않았다. 자고로 탐정이란, 무서워 마지않는 벌레를 잡는 것보다, 범인을 잡는 게 더 중요한 사람 아닌가.

"그만. 여기 있는 우리 다, 미다스의 딸이 누구인지 알고 있어요. 이제 그만합시다."

아빠가 남은 아이스크림을 호로록 먹으며 손을 저었다. 더는 흥미가 없는 눈치였다. 하지만 호 탐정은 그만둘 생각이 없어 보였다.

"실례지만 미다스의 딸이 누구라고 생각하시는지 여쭤봐도 되겠습니까."

"거, 있어요. 말해 봤자 그쪽은 모르는 사람."

"제가 모르는 사람이라면 그 사람은 미다스의 딸이 아니라고 확실히 말씀드릴 수 있겠군요. 왜냐하면 그 사람은 제가 아는 사람이니까요. 바로 이 자리에 있는 사람 중 한 명입니다."

호 탐정이 범인을 지목하듯 나를 쳐다봤다. 그 사람이 바로 너야, 미다스의 딸이 바로 너라고, 호 탐정의 눈빛이 그렇게 말하고 있었다.

"지금 이이가 뭐라고 하는 거냐?"

아이스크림을 꿀꺽한 할머니가 호 탐정과 나를 번갈아 보며 물었다. 나는 아무 말 없이 호 탐정을 뚫어져라 바라봤다.

"저는 기나리 님에게 탐정의 조수로서 두 가지를 조사해 달라고 부탁했습니다. 첫 번째는 미다스의 딸이 처음 글을 올린 날짜를 확인해 달라는 거였죠. 기나리 님, 날짜를 말씀해 주시겠습니까."

"7월 28일이요."

나는 다 먹은 아이스크림의 나무 막대를 엄지와 검지로 통통 튕기며 대답했다.

"기런 버핏 님, 7월 28일이 무슨 날인지 아십니까."

아빠가 고개를 저었다. 그럼 그렇지. 기억할 리 없지.

"그럼 엘리베이터에서 기런 버핏 님과 기나리 님, 그리고 제가 마주쳤던 날은 기억하십니까."

"아, 그건 기억하죠."

"바로 그날, 기런 버핏 님과 기나리 님은 써니 화이트라는 그룹의 콘서트 티켓 구입 여부를 두고 말다툼을 하셨습니다."

"애랑 무슨 말다툼을. 그냥 내가 가르친 거죠. 근데 그게 어쨌다는 건지."

아빠는 여전히 왜 7월 28일을 언급하는지 전혀 알아채지 못한 것 같았다. 나는 참다못해 끼어들었다.

"7월 28일은 써니 화이트 콘서트가 있던 날이야. 내가 그렇게 가고 싶다고 노래를 불렀는데 그걸 기억 못 해?"

"그게 뭐, 못 할 수도 있지. 바빠 죽겠는데 그런 거까지 기억해야 해? 그리고 기억하면 뭐가 달라져? 미다스의 딸이 처음 글을 올린 날이랑 써니 화이트 콘서트가 있는 날이 둘 다 7월 28일이라는 게 뭐가 중요해? 기나리, 네가 콘서트 못 가서 열받아 가지고 아빠 약 올리려고 미다스의 딸이라는 닉네임으로 글을 올리기라도 했다는 거야, 뭐야?"

정답! 진실은 호 탐정의 입에서 나올 줄 알았는데 아빠의 입에서 먼저 흘러나왔다.

"야, 이, 너, 기나리. 너 이 자식, 설마……."

아빠는 당황하며 말을 더듬었다. 그러자 할머니가 나서서 아빠를 진정시켰다.

"괜히 애 잡지 마라. 잘 알지도 못하는 사람 말만 듣고. 쯧, 미다스인지 뭔지에 글 올린 사람은 내가 최 집사네 아들이라고 안 했냐."

얼마 전 늦은 밤 욕설이 섞인 장문의 글을 올렸던 사람. 아마 그 사람이 최 집사님의 아들일 것이다. 최 집사님이 펄쩍 뛰어서 그랬는지, 최 집사님 아들이 스스로 후회해서 그랬는지 알 수는 없지만 어쨌든 그 글은 다음 날 아침에 깔끔히 지워져 찾아볼 수 없었다.

나는 호 탐정을 똑바로 쳐다보며 말했다.

"그게 다예요? 그깟 날짜 얼마든지 우연일 수 있지. 탐정이 뭐 이래, 확증도 없이."

"확증은 지금부터 선보이려고 합니다."

"그래요?"

"그렇습니다."

"어떻게요?"

내가 코웃음 치며 물었다.

"기나리 님, 제가 두 번째로 조사해 달라고 한 게 뭔지 말씀해 주시겠습니까."

"미다스의 딸이 글을 남기는 주요 시간대를 확인해 달라고……."

나는 말을 끝맺지 못하고 입을 다물어 버렸다. 아차 하는 마음이 들었다. 호 탐정은 내가 주춤하는 틈을 놓치지 않고 스마트폰을 들어 시간을 확인했다.

"미다스의 딸은 매일 밤 열 시, 「부동산은 미다스」에 글을 올립니다. 지금은 열 시가 좀 넘었군요."

"정확히 십오 분 지났네. 허 참, 그게 무슨 확증이 된다는 거요."

"앱을 확인해 보시죠."

아빠는 미심쩍은 얼굴로 「부동산은 미다스」를 열었다.

"어, 새로 올라온 글이 없네."

"왜 오늘은 글이 없을까요."

호 탐정이 나를 보며 물었다. 마치 자백할 기회를 주겠다는 얼굴을 하고서.

한밤중에 벌레니 뭐니 하며 소동을 벌인 이유가 있었군. 깜빡 속아 넘어갔네. 나는 씁쓸한 미소를 감추지 못한 채 입을 열었다.

"미다스의 딸이 좀 바쁜가 보죠."

자백 따위 두렵지 않았다. 신기하게도 자백을 앞두고 나서야 내 행동의 진의가 이해되어 비로소 기뻤다. 어쩌면 나는 내내 아빠가 알아차리길 바랐는지도 모른다. 그 많은 글을 매일같이 내가 썼다는 걸 알고 나서 제발 깨닫는 게 있기를, 엄마가 아빠를 떠났듯 내가 아빠를 떠나지 않도록 손을 꼭 붙잡아 주기를 바라고 또 바랐기에.

"나리야, 아무 소리 말아라."

심상치 않은 분위기를 파악한 할머니가 손을 내저으며 말렸다. 왠지 오늘만큼은 내가 어떤 말을 털어놓든 할머니가 확실한 내 편이 되어 줄 거라는 기대가 들었다.

"할머니, 미다스의 딸이 바로 나야."

"지금 무슨 말을 하는 거냐, 응? 그만 말해라, 그만해."

할머니가 진실 따위 상관없다는 듯 안타까운 표정으로 내 입을 막았다.

"엄마, 방금 애 말하는 거 봤지? 이야, 기나리. 너 아빠 뒤통수를 이렇게 치는 법이 어딨어."

아빠는 기가 차서 화도 안 난다는 얼굴로 말했다. 하지만 아빠의 얼굴을 마주한 나는 화가 치밀어 올라 제멋대로 분통을 터뜨리고 말았다.

"아빠가 적당히라는 걸 모르니까 그렇지! 맨날 돈, 돈, 돈! 미래 가치가 어쩌고저쩌고하고 지금 나한테 중요한 게 뭔지는 아무 관심도 없고!"

"적당히? 적당히라는 걸 아는 애가 이런 짓을 해? 이렇게 공들여 아빠 속이고 약 올리는 건 적당한 짓이야?"

어쩌면 아빠와 나의 유전자엔 적당히라는 단어가 없나 보지. 나는 도저히 화가 사그라지지 않아 씩씩대며 아빠를 쏘아봤다.

그때였다.

"기런 버핏 님, 혹시 미다스 왕에 대해 잘 아십니까."

호 탐정이 상황을 진정시키려는 듯 화제를 돌렸다.

"모르는 사람도 있나. 손만 가져다 대면 무엇이든 황금으로 변한다고 해서, 미다스의 손이라는 말도 있는데."

아빠가 뚱하게 대답했다.

"맞습니다. 사실 신은 그 능력을 미다스 왕에게 주길 꺼렸다고 합니다. 분명 후회할 거라고 경고했다는군요. 하지만 미다스 왕의 욕심을 막을 순 없었습니다. 손이 닿는 족족 무엇이든 황금으로 변하는 능력이라니, 탐나지 않을 수 없었겠죠. 하지만 모두 알다시피 얼마 안 가 미다스 왕은 제발 이 능력을 거두어 달라고 신께 사정하게 됩니다. 먹거리마저 황금으로 변하는 통에 굶주리게 됐기 때문입니다. 일설엔 미다스 왕이 사랑하는 딸마저 황금으로 만들어 버린 후에야 뉘우쳤다고도 하죠."

내가 미다스의 딸이라는 닉네임을 지은 이유도 그 때문이었다. 나는 힐끗 아빠를 쳐다봤다. 미다스 왕에게 능력을 선사한 신은 미다스 왕이 애원하자 자비롭게도 그 능력을 거두어 갔다. 하지만 현실에서는 어떨까. 그 지경이 되고 나서도 나는 아빠를 용서할 수 있을까. 아니, 그보다 지금 내가 한 짓을 아빠가 용서해 줄지 모르겠지만.

"근데 미다스 왕은 사실……."

호 탐정은 아빠에게 시선을 떼지 않으며 말을 이었다.

"우리에게 '임금님 귀는 당나귀 귀'로 유명한 이야기 속 주인공이기도 합니다."

"아, 그래요. 몰랐네요."

아빠는 여전히 시큰둥하게 대꾸했다. 하지만 호 탐정은 반드시 아빠의 마음에 뭔가를 가닿게 하고야 말겠다는 표정으로 한마디 한마디 힘주어 말했다.

"미다스 왕은 자신의 귀를 몹시 수치스러워했습니다. 단순히 이상하게 생겨서가 아니라 그 귀는 과거 자신의 오만함과 어리석음을 상징하기 때문이었습니다. 신 앞에서 잘난 척을 하다가 벌을 받아 귀 모양이 흉측하게 바뀌었는데, 거울을 볼 때마다 그날의 부끄러운 행동을 상기하게 되니 얼마나 괴로웠겠습니까. 근데 미다스 왕이 그토록 감추고 싶어 하는 비밀을 알고 있는 사람이 한 명 있었습니다. 그자는 어디에도 그 비밀을 얘기할 수 없었죠. 그래서 구덩이를 파고 그 안에다 소리칩니다. 임금님 귀는 당나귀 귀라고요."

"거, 말 한번 참 길게도 하시네. 나도 대충은 다 안다고요."

아빠가 불퉁거리자 할머니가 말을 얹으며 나섰다.

"아이고, 인제 그만 돌아가자. 나는 뭔 소린지 하나도 모르겠다. 집에 가서 텔레비전이나 보는 게 낫지, 원."

할머니는 집으로 돌아가면 여기서 들은 것들을 하얗게 잊어버릴 수 있다고 믿는 듯했다. 리모컨 버튼을 눌러 텔레비전을 켜면 아빠와 나의 갈등이 터지기 이전으로 돌아갈 수 있다고. 하지만 시간을 되돌릴 수 있는 힘은 그 누구도 가지고 있지 않다. 그렇기에 나는 더욱더 가만히 있을 수가 없었던 것이다. 아빠 손에 황금 동상이 되어 버리고 나면 아무 말도 할 수 없을 테니까.

할머니가 내 팔을 잡고 끌어당겼지만 나는 꿈쩍도 하지 않고 호 탐정을 향해 더 듣고 싶다는 눈빛을 보냈다. 호 탐정은 담담한 표정으로 다시 입을 열었다.

"아마도 기나리 님은 어딘가에 외쳐야만 했던 게 아닐까요. '임금님 귀는 당나귀 귀!'라고 외쳤던 사람처럼 말입니다. 남몰래 구덩이를 파고 그 깊숙한 구멍에라도 소리치지 않으면 견딜 수 없었는지도 모릅니다."

울컥, 이상한 감정이 솟구쳐 올랐다. 이런 게 바로 탐정의 힘일까. 한량없는 이해심으로 내 속을 헤아려 주는 듯한 이 느낌. 어쩌면 세상에서 호 탐정만이 내 마음을 온전히 이해해 주는 유일한 사람일지도 모른다는 생각이 들었다.

나는 아빠를 쳐다보며 울먹였다.

"세상에다 대고 소리치고 싶었던 게 아니야. 아빠 귀에 대고 외치고 싶었던 거라고. 돈보다……."

따지고 보면 호 탐정은 단지 범인의 동기를 추리한 것일 뿐이다. 하지만 나는 호 탐정의 추리 덕분에 마음의 위로를 얻었고, 이제야 비로소 진짜로 하고 싶은 말을 할 수 있게 됐다.

"돈보다 마음이 더 중요하다고, 그러니까 내 마음을 먼저 봐 달라고 외치고 싶었다고. 지금 아빠 눈앞에 서 있는 나에게 관심을 좀 가져 달라고."

아빠가 어떻게 반응해야 할지 모르겠다는 표정으로 멍하니 서 있자 할머니가 아빠 등을 찰싹 때렸다.

"이놈아!"

"아야!"

"어서 앞으로 다 잘 듣겠다고 해라. 귓구멍을 깨끗이 후벼서 한마디 한마디 죄 경청하겠다고 해. 입 구멍으로 돈 얘기 뱉느라 정신 팔려서 귓구멍 꽉 막고 딸 얘기 안 들을 거냐.”

“아, 엄마까지 왜 그래…….”

아빠는 졸지에 미다스 왕에 빙의한 것처럼 귀를 문지르며 머쓱해했다.

“물론 기나리 님의 행동은 스스로 돌아보고 반성해야 마땅합니다. 사실에 근거한 글이라고 해서 문제가 없다고 보긴 힘드니까요. 나는 옳고 상대는 틀렸다는 논리에 취한 사람들은 곧잘 아무 거리낌 없이 상대를 조롱하는 행동을 하곤 합니다. 하지만 이런 매너 없는 행동에서 부끄러움을 느끼지 못한다면 옳고 그름을 목 아프게 논한들 무슨 소용이 있겠습니까.”

유구무언이었다. 그제야 나는 글을 올린 후 항상 마음 한구석에 찝찝한 기분을 떨쳐 내지 못했던 이유를 깨달았다. 나는 부끄러움을 느꼈던 것이다.

그때 호 탐정이 사건에 마침표를 찍듯 말했다.

“부끄러움을 모르는 옳음은 진짜 옳음이 아닙니다, 기나리 님.”

나는 머리를 주억거리며 호 탐정을 바라봤다. 애초에 호 탐정에게 접근하길 잘했다고 생각했다. 호 탐정은 구덩이에 묻혔던 내 목소리를 바람에 실어 준 은인이었다. 일이 이렇게 될 줄은 몰랐지만, 어쨌든 나는 결말이 퍽 마음에 들었다.

호 탐정이 깔끔하게 작별 인사를 전했다.

"제 얘기는 여기까지입니다. 그럼 오늘은 이만 돌아가 보십시오. 저는 자정부터 아르바이트가 있어서."

나는 아쉬운 마음이 들어 호 탐정에게서 눈을 떼지 못했다. 이제 옳은 방향으로 날아가는 일은 온전히 내 몫이 겠지만, 문득 그렇다고 꼭 혼자 날아야 하는 법은 없지 않나 하는 생각이 들었다. 호 탐정 같은 사람이 함께 날아 준다면 얼마나 든든할까. 하지만 오늘부로 탐정 조수 노릇은 끝난 거나 마찬가지니.

"근데 벌레는? 벌레는 안 잡아도 되겠는가?"

자리를 뜨기 전, 할머니가 순진한 표정으로 물었다.

"아, 엄마. 빨리 가요. 지금 벌레는 무슨 벌레야."

아빠의 성화에도 할머니는 은혜를 갚으려는 고양이처럼 두리번두리번 벌레를 찾았다. 호 탐정은 난감해하며 떠듬댔다.

"아, 그게 벌레는 사실 없……."

"저기 있다! 저기!"

"어디, 어디, 저기구나!"

"악!"

거실 벽 한복판에 붙어 있는 까맣고 커다란 벌레. 내가 혼비백산하여 괴성을 질러 대자 아빠가 귀를 막고 나를 흘겨봤다. 순간 주저 없이 나선 사람은 할머니뿐이었다.

할머니는 축지법과 장풍을 익힌 무림의 고수 같은 몸짓으로 달려 나가 벌레를 단숨에 제압했다. 호 탐정은 얼굴이 퍼렇게 질린 채 믿을 수 없다는 표정으로 할머니를 쳐다봤다. 그리고 천천히 박수를 치기 시작했다.

"대, 대단하십니다, 할머님."

나는 떨리는 손으로 박수 치는 호 탐정을 바라보며 생각했다. 어쩌면 호 탐정은 계속 조수가 필요할지도 모르겠군. 우리의 낡디낡은 아파트에 사는 동안엔 말이야. 머릿속이 빠르게 굴러갔다. 나는 미소를 지었다. 어떻게 해야 앞으로도 호 탐정과 얽힐 수 있을지 반드시 생각해 내리라. 이쯤 되면 이미 나에 대해 눈치챘겠지만, 나는 적당히라는 걸 모르는 사람이다.

| 작가 메시지 |

단순한 진실

저는 이 책에 나온 아파트와 비슷한, 지은 지 오래된 아파트에서 7년을 살았어요. 봄이 되면 산수유를 시작으로 철쭉과 벚꽃, 목련이 단지를 밝히고, 날이 무르익은 5월엔 덩굴장미가 만발하고, 여름 내내 배롱나무꽃이 함께해 주는 예쁜 아파트였지만 편리하고 쾌적하게 살기엔 조금 부족한 곳이었죠. 그런 아파트에 '무서워 마지않는 벌레를 잡는 것보다 범인을 잡는 게 더 중요한 사람', 호 탐정이 이사 온다면 어떨까 하는 상상을 토대로 이번 이야기를 쓰기 시작했습니다. 호 탐정의 활약으로 이미 우리가 알고 있는 단순한 진실을 다시금 깨닫게 되길 바라면서요.

허진희

바로 지금, 청소년의 가려진 문제를 양지로 끌어내어 용기 있게 이야기하는 소원나무 청소년 문학 시리즈, 소원라이트나우

소원라이트나우는 음지에 머물러 있는 청소년 문제를 들여다보는 일에 꾸준히 관심을 기울여 왔습니다. 학교 폭력, 입시 비리, 아동 학대, 중독 문제 등 청소년이 겪는 아픔을 폭넓게 다루었습니다. 불편하고 거부감이 든다는 이유로 문제를 애매하게 비껴가거나 외면하지 않고 정직한 눈으로 직시했습니다. 무엇보다 웅크린 청소년의 마음을 섬세한 표현과 따뜻한 문장으로 다독이고자 노력합니다.

세븐 블라인드
글 김선희, 나윤아, 문부일, 박하령, 신지영, 양호문, 이송현

7개의 블라인드 너머 가려진 진실을 마주하는 시간
청소년 소설가 7인이 쓴 『세븐 블라인드』는 블라인드를 통해 가려진 청소년 문제를 올바르게 볼 수 있는 계기를 마련해 주는 단편소설집입니다. 청소년 도박, 중독, 폭력 등 사회가 그동안 직면하지 못했던 청소년 문제를 이야기합니다.

#성매매 #도박중독 #왕따

달콤한 알
글 한영미

대입을 향한 두 입시생의 은밀하고도 달콤한 거래!
미대에 가고 싶지만 그림 실력이 없는 재벌 손녀 현아, 그림 실력은 뛰어나지만 가정불화로 돈이 필요한 우림! 각자의 달콤한 알을 갖기 위해 아슬아슬하고도 위험천만한 거래를 시작한 청소년의 모습을 그린 작품입니다.

#부정입시 #가정불화

#계급 #갑을관계 #성장

1의 들러리

글 김선희

"우리는 모두 1의 들러리였다."

단 한 명의 1, 잉걸을 위해 모두가 들러리를 서야 하는 상황을 폭로하고, 잉걸과 학교라는 거대한 계급에 맞서 싸우며 청소년들이 진정한 '나'의 모습을 찾아가는 과정을 그리고 있습니다.

#가정폭력 #아동학대 #성장

어항에 사는 소년

글 강리오

같은 상처를 지닌 청소년들 이야기

'아동 학대'라는 무거운 주제를 섬세한 감정 표현과 묵직한 서사로 풀어 내면서 청소년이 학대라는 굴레에서 벗어나 오롯이 '나'로 살아갈 수 있기를 응원하는 작품입니다.

#중독 #자해 #게임

홀릭

글 나윤아

현실과 중독의 경계를 밟고 서다!

자해, 스마트폰, 도박, 알코올, 게임 등 다섯 가지 중독에 빠진 다섯 청소년의 이야기를 다룬 청소년 단편소설집입니다. 사회가 정해 둔 일방적인 제약에 맞서 청소년 스스로가 중독에 대해 고민해 볼 수 있는 계기를 마련해 주는 작품입니다.

#급식 #중독 #용기

불량 급식 탈출

글 강리오

하나의 진실을 향해 달려가는 하나의 진심

성적에 대한 스트레스를 해소하기 위해 정당하지 못한 방법에 빠지고 마는 '전교 일등' 열여섯 살 예준의 이야기를 다룹니다. 스스로의 상처가 치유되는 과정을 넘어, 누군가를 위해 이토록 용기를 내어 본 적 있는지를 다시 한번 생각해 보게 하는 웰메이드 성장소설입니다.